智慧书坊☆

U0140984

海底 两万里
HAI DI LIANG WAN LI

[法]儒勒·凡尔纳◎著

延边教育出版社

前言

孩子从咿呀学语到蹒跚学步，从识字读文到遣词造句，陪伴他们的除了各式各样的玩具，就是一本本精美的图书了。孩子就犹如一朵娇嫩的花，不断地从各个方面吸收养料，不仅从家长和老师的谆谆教诲里知晓做人的道理，还从一本本的好书中汲取知识，凝聚奋进的力量。

为了拓宽孩子们的视野，培养他们的阅读兴趣，我们精心编排了《智慧书坊》这套丛书，并将《鲁宾孙漂流记》《名人传》《名人名言》《海底两万里》《中国神话故事》《伊索寓言》收录在此套丛书中，精练、生动、优美的文字，精美的插图让孩子们在阅读中感悟，在阅读中成长。在本套丛书中可以让孩子们了解生动有趣的神话故事、闪烁着智慧光芒的寓言故事，也可以让他们感受到历险故事的神奇、名人传记与言论所特有的震撼，这一本本好书将伴随孩子们度过美好的童年。

最后，我们真诚希望孩子们健康、茁壮地成长。

目录

目录

导语

在欧洲和美洲的海面上,有一个巨大的"怪物"出现,这使人们一时间陷入了恐慌之中。那么,这个"怪物"都制造了哪些事端呢?有关它的谜底被解开了吗?

飞逝的"巨型怪礁"

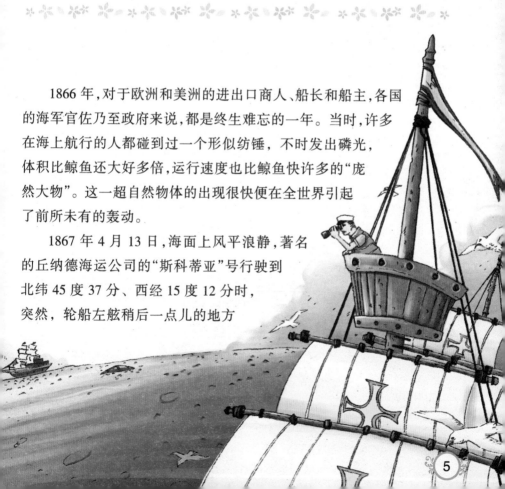

1866 年,对于欧洲和美洲的进出口商人、船长和船主,各国的海军官佐乃至政府来说,都是终生难忘的一年。当时,许多在海上航行的人都碰到过一个形似纺锤,不时发出磷光,体积比鲸鱼还大好多倍,运行速度也比鲸鱼快许多的"庞然大物"。这一超自然物体的出现很快便在全世界引起了前所未有的轰动。

1867 年 4 月 13 日,海面上风平浪静,著名的丘纳德海运公司的"斯科蒂亚"号行驶到北纬 45 度 37 分、西经 15 度 12 分时,突然,轮船左舷稍后一点儿的地方发生了碰撞。安德森船长下到底舱，发现第五间船舱已被海水侵入，从海水的涌入速度来看，漏洞不小。当船终于驶入利物浦的码头时，工程师们把"斯科蒂亚"号架起来检查，他们简直不敢相信自己的眼睛：在船身吃水线以下8英尺的地方，有一个极其规则的等边三角形缺口。显然，弄出这个缺口的物

体一定非同寻常——它以惊人的力量撞入船身1.5英寸后，又以不可思议的方式抽身而退。

这次事件的发生又一次引起了公众的兴趣，但人们对怪物是否存在已经从好奇转为恐惧了。人们认为它的存在已严重威胁到了海上船只的安全，因此，所有人都主张要不惜一切代价将这个怪物彻底铲除。

导语

　　一时间，人们针对"怪物"问题的讨论出现了两种派别的纷争。那么，阿罗纳克斯教授支持哪一种观点呢？他是否参加了"林肯"号远征队呢？

赞成与反对

　　发生这些事情的时候，我刚从美国内布拉斯加州的贫瘠地区作完科学考察回来。作为巴黎自然科学博物馆的客座教授，我被法国政府竭力邀请参加了这次考察。我当时反复阅读了美国和欧洲各种有关这件事的报道，但没有得出任何进一步的结论。我对这类神秘事件十分着迷，却又无法形成任何确定的见解，因此总是从一个极端走向另一个极端。直觉上，我认为这是一件真实的事，这个怪物是真实存在着的。

　　我在纽约逗留的时候，这个问题正被讨论得热

火朝天。人们分成了抱有不同意见的两派：一派坚称这一定是一个力大无穷的怪物，另一派则坚持认为这是一艘动力极其强大的潜水艇。第二派的说法应该说是最有可能成立的，但却和在欧美两洲进行调查的结果相违背。因为私人是不可能拥有这样的机器的。如果是某一个国家，则完全有可能偷偷地制造这样一种可怕的武器装备。但是，各国政府的严肃声明很快推翻了这一假设。

　　于是人们发挥想象，继续从鱼类这一方面下手，编造出种种荒诞不经的传说来。我在纽约的时候，有些人曾特地来询问我对此事的看法。这是因为我以前在法国出版的一部叫《海底探秘》的书为我赢得过一些声誉。我对此事的态度一向很谨慎，但在《纽约先锋论坛报》来邀请我对这个问题发表评论时，我便再也无法保持沉默了。我在这份报上发表了

一篇我精心创作的文章，从政

治和学术上讨论了这个问题的方方面面。以下

是我在文章中所阐明的一些观点：抛弃各种不同的假设和猜想，我不得

不承认，确实应该存在这样一种力大无穷的海洋动物。我们固然对深不

可测的海底世界一无所知，但就仅仅通过猜测这一途径，我们仍然可以

对这一问题进行分析。假若我们并不完全知晓居住在我们这个星球上

的所有生物，那么在探测器不可及的水层里仍然还有我们并不知晓的

鱼类、鲸类，这是完全可能的。相反，假若我们知晓所有生物的种类，我

们就必须在已经加以分类的海洋生物中找出这只我们讨论中的动物。

在这种情形下，我则乐于承认有一种巨大的"独角鲸"的存在。它拥有庞

大的身躯，身上武装的不是剑戟，而是像军舰上所装备的那种真正的冲

角，并且具有同等的威力。

我的文章在社会上引起了巨大的反响。而且，文中的结论给予了人们很大的想象空间。因为人类总是乐于对那些超自然生物怀有离奇的幻想，而海洋则是这种幻想最恰当的中介，因为海洋成了超巨型动物繁殖和成长的环境，这是陆地所不可比拟的。我自己也沉浸在这种种幻想之中了。

出于对实际利益的考虑，美国和英国的一些人主张把这个可怕的怪物从海洋中清除出去，以保障海上航行的安全。公众的意见得到了政府的响应。

但事情往往就是这样，正当人们决定要驱逐这个怪物的时候，它却消失不见了。在两个月的时间里，再没有听说哪艘船遇到过它。这条"独角鲸"似乎已经预感到了它的危险，因此有了防备，躲起来了。现在，准备远征并装备有可怕的捕鱼机械的"林肯"号正处于一种尴尬的境地，不知该往哪儿开。

正当每个人都被这件事搅得厌烦的时候，这个怪物终于又出现了。据报道,7月3日从旧金山到上海航线上的一艘汽船,于3个星期前在北太平洋的水域上遇到了这只怪物。这则消息立刻引起了极大的骚动,法拉古舰长得到指令,必须在24小时内出发。食物及日常用品全部被装上了船,煤舱也被填得满满的。所有的工作人员全部各就各位,现在只等生火,加热,起锚了!就算只有半天的迟延,大家也不能容忍。

就在"林肯"号离开布鲁克林前的3个小时,美国海军部长露伯逊先生邀请我参加"林肯"号远征队,并说法拉古舰长已经准备了一间舱房供我使用。在收到露伯逊部长来信的前三秒钟,我根本没有要去追逐"独角鲸"的一点想法,就如同我不愿意去北冰洋旅行一样。但在读完信后的三秒钟,我毫不犹豫地接受了美国政府的邀请。之前,我只期望能快些回到我的祖国,与我的朋友相会,并看看我收藏在植物园小屋里的珍贵标本。而现在,这一切都变得不重要了。此刻,我只有一个隐秘的想法——或许这条"独角鲸"将乐意把我引到法国的海岸边去。

导语

阿罗纳克斯教授有个忠实的仆人——孔塞伊,对于主人的命令他绝对服从。这天,教授又吩咐他收拾行李,他们要去哪呢?

尊照先生的安排

长期以来,我有一位叫孔塞伊的仆人一直陪我外出旅行。他今年30岁,比利时人,诚实、对工作尽职尽责,我对他十分喜爱。因为经常和我们这些植物园里的学者接触,所以他也慢慢地学到了一些东西,特别是对生物的分类非常熟悉,但更多的东西他恐怕就不知道了。他身体健壮,任劳任怨,寡言少语,从不轻易发表意见。他唯一让我受不了的就是过于讲究礼貌,总是用第三人称跟我说话,这有时让我十分恼火。

这一次,我不耐烦地叫了他3次,他才从他的房里钻出来。

我对他说:"赶快准备,两小时以后我们就要出发。"

"遵照先生的安排。"孔塞伊平静地回答我。

"一点时间也不要浪费,把所有旅行用具都放在我的大箱子里。快,赶快!"

"那先生的标本怎么办呢?"孔塞伊说。

"暂时都寄放在旅馆里。"

"我们不回法国吗?"孔塞伊问。

我很含糊地告诉他我们当然要回去。但最终我还是把准备搭乘"林

肯"号去追逐"独角鲸"的事告诉了他，
并对他说这是一次危险的旅行，我们有可能就回
不来了呢！

"遵照先生的安排。"孔塞伊又是那句老话。

只用了一刻钟的时间，孔塞伊就把行李全部准备好了。我们付清了
旅馆的账，托人把我的动植物标本运回法国，然后走出旅馆，上了一辆
马车。

当我们到达停泊"林肯"号的码头时，看见"林肯"号的两个烟囱正
向外喷发着浓厚的黑烟。我们的行李很快被人搬到了这艘大船的甲板
上。我赶快上船，找到了法拉古舰长。他热情地欢迎我，并吩咐一个水手
把我领到早就准备好的舱房内。舱房我十分满意，它位于船的后部，房
门正对着军官们的餐厅。我让孔塞伊在舱房里收拾行李，自己则到甲板

上，观看水手们准备开船的操作。法拉古舰长不愿意耽搁一点时间，一切就绪之后，他立即发出了开船的命令。"林肯"号终于满载着人们的期望，庄严地起航了。

布鲁克林码头和东河沿岸的曼哈顿地区挤满了成千上万的人，他们欢呼着，不停地向"林肯"号致敬。大船沿着新泽西州的海岸航行，沿岸的炮台也都鸣礼炮向大船致敬，"林肯"号把美国国旗连升3次以示答礼。

大船驶过沙洲时，洲上的数千观众再一次欢呼起来。直至晚上8点，纽约港口的灯光已经从西北方消失了，"林肯"号才开足马力，黑暗的大西洋海面上泛起滚滚波涛。

导语

阿罗纳克斯教授身负重任，登上了装备完善并由法拉古舰长指挥的"林肯"号。"林肯"号上大名鼎鼎的鱼叉手内德·兰德对"独角鲸"的存在又是怎么看的呢？

内德·兰德

法拉古舰长是一位老海员，他有着丰富的航海经验和娴熟的驾驶技术，完全配得上他指挥的这艘战舰。他早就与船融为一体，成为整艘船的灵魂。他发誓要将这怪物从海里彻底铲除，而且声称无论舰上何人发现这怪物，都可以领到 2000 美元的奖金。船上的海员都绝对听从他的意见和服从他的命令，他们时刻提高警惕，

侦察着辽阔的海面。船上的其他人员也希望尽快碰上"独角鲸",然后把它捉上船来切碎。我当然也不会甘于落后。我每天都认真观察海面的情况,生怕遗漏了什么迹象。所有人中,唯一例外的就是孔塞伊,他对这件事表现得很平淡。

"林肯"号上装备了各种打击巨大鲸类的武器,任何一艘捕鲸船也不会比它装备得更齐全、更完善。此外,船上有大名鼎鼎的鱼叉手之王——加拿大人内德·兰德。他40来岁,看起来高大魁伟,体格健壮,神情严肃,不喜欢讲话,脾气很暴躁。然而他身手敏捷,在其惊险的职业生涯中还未曾碰到过敌手。因此在我看来,他既像船上的一架高倍望远镜,又像是一门随时可以发出致命一击的大炮。他平时很少和人接触,但对我却似乎有一种特别的好感,或许是因为可以和我一起说说法语吧。他常用诗一般优美的句子向我绘声绘色地讲述他捕鱼的故事。他用史诗的方式叙述,我感觉自己好像正在听一位加拿大的荷马朗诵北极的《伊利亚特》。

但内德·兰德并不相信有什么"独角鲸",他甚至总是拒绝谈论这件事情。7月30日那个美妙的夜晚,即我们出发3个星期以后,船行驶到了离巴塔哥尼亚海岸30海里的地方。此时我们已穿过南回归线,距离麦哲伦海峡不到700海里。这意味着"林肯"号用不了一周就将航行在太平洋上了。内

德·兰德和我一起坐在船尾的甲板上,一边聊天,一边注视着神秘的海面。渐渐地,我把话题转到了巨大的"独角鲸"上来。

"内德·兰德,"我问他,"您怀疑'独角鲸'的存在,有什么特别的理由吗?"

他沉思了一会儿,说:"阿罗纳克斯先生,我当然有理由。普通人可以相信有跨越天空的奇特彗星存在,有居住在地球内部的太古时代的怪物存在,不过天文学家、地质学家,绝不能接受这种无稽之谈,捕鱼人也是一样的。我追捕过许多鲸科动物,也杀死过好几条。但在我看来,不论多么庞大凶狠的鲸鱼,都绝不可能破坏一艘轮船的钢板。"

"可是,'独角鲸'的牙齿把船底弄穿了的传说已经存在了啊。"

"如果是木头船,也许有可能。"内德·兰德回答说,"不过就是这种事我也没有亲眼见过。所以,除非有确凿的证据,否则我是不会相信有什么大头鲸或者独角鲸可以钻穿钢板的。"

"听我说,内德……"我试图说服他,但他根本不愿意听。他随口说那可能是一条巨大的章鱼吧,我对他解释说生活在海面下几英里的海底动物一定要有强健无比的肌体才行,所以,那不可能是章鱼那种软体动物。

"为什么要有那么强健的肌体呢?"他有些不屑地反问道。

我详细地向他解释了在 3.2 万英尺下的海底会有多大的大气压力,人在这样的压力下将会被压成薄片。我的计算着实让他吃了一惊,看得出他有些动摇,但他并不肯立刻服输。我也不再追问他,我知道那只不过是他的固执罢了。我认为"斯科蒂亚"号的事故是不能否认的,那个等边三角形的缺口绝不会是毫无原因的。而没有暗礁的碰撞,也没有潜艇的袭击,那一定是某种带有尖利冲角的动物所为了。要想弄清事情的真相,就必须捉住这个怪物,然后解剖它,但目前最关键的是要找到它。

导语

　　自从出航以来,战舰上的人每天都是在精神高度紧张中度过的,然而怪物似乎跟他们玩起了捉迷藏。正当大家因失望而决定放弃追捕工作的时候,"怪物"终于浮出了海面⋯⋯

寻觅"怪物"

　　"林肯"号以惊人的速度沿着美洲东南方的海岸线疾驶。现在,航线转向西北了,战舰的机轮就要搅动太平洋的水波了。第二天,大家都把眼睛睁得大大的,我也同样专注地观察着海面。

　　"林肯"号驶遍了北太平洋的所有水域,它不时地改变着航线,却连一样神秘的东西也没有看见。失望、怀疑的情绪包围着大家,不少人甚至为自己曾经死守空想不放的"愚蠢"行为而感到不值。终于,有人向舰长提出了返航的建议。舰长的断然拒绝使水手们相当不满,船上的气氛一下子紧张起来。一个星期以后,法拉古舰长也意识到了事态的严重性。他请求大家再忍耐三天,如果三天以后怪物还没有出现，那么"林肯"号就返航回家。

　　我和孔塞伊站在甲板上，望着远处的海水。

　　"我们是在浪费时间，不是吗？孔塞伊！"我问他，"一定有人等着笑话我们呢！"

　　"是啊，会有人那样做的。不过……"孔塞伊还想说些话来安慰我。就在这时，一个声音高声叫道："看那里！那是什么？那不正是我们要找的怪物吗？"

　　那是内德·兰德的声音。

导语

　　"怪物"突然间从海面上出现了,法拉古舰长下令:开足马力,全力追捕这个怪物。就这样,战舰与"怪物"展开了一场恶战,急速进攻,巧妙周旋。究竟谁会是这场战斗的赢家呢?

 # 全速前进

　　在内德·兰德的叫喊声中,全体船员全都迅速地向鱼叉手这边跑来。内德·兰德并没有弄错,我们都看见了他所指方向的那个东西!在距离"林肯"号不远处,海面似乎被来自水底的光照亮了,然而这绝对不是一般的磷光。

　　正谈话间,那东西突然以极快的速度向我们冲过来了!战舰上喊声迭起。

　　它绕着战舰游动,就如同把战舰包裹在散布着光点的电网中一样,然后又拖着一条磷光闪烁的尾巴离开两三海里远。接着,它又以可怕的速度从漆黑的天边向"林肯"号猛冲过来,在离船身20英尺的海面上又

忽地停住并迅速消失了。然后，它又在船的另一边重新出现了。

目前看来，我们的战舰不是在追逐怪物，而是被怪物追逐着。快半夜时，它突然不见了，更准确地说，是它一下子不发光了。直至凌晨2点左右，在距"林肯"号前方5海里的地方，光源再次出现。我们立即高度戒备，并作好准备，等天一亮就立刻投入战斗。

天终于亮了，可那怪物的电光也看不见了。8点钟，海上的浓雾逐渐散去，天际也越来越明朗。突然，我们又听见了内德·兰德的叫喊声："看，在船的左舷后面！"

大家顺着他手指的方向望去，在距离战舰一海里半的水域内，一个长长的黑色物体浮出了水面三英尺。

法拉古舰长的斗志已经被彻底激发起来了，他下令"林肯"号全速追上去，并发誓一直要追到战舰爆炸为止。黑夜来临了，汹涌的大海被包裹在浓重的黑暗之中。此刻，我认为我们的远征就要结束了，我们可能永远也见不到那个可怕的怪物了。然而，晚上10点50分的时候，在战舰前方3海里的海面上，神秘的电光又出现了。奇怪的是，那个怪物好像是因为白天跑得太累，所以不知不觉地睡着了。法拉古舰长决定利用这次难得的机会对它进行致命的袭击。"林肯"号减慢速度，开始慢慢地靠近它。相距不过20英尺了！只见鱼叉手内德·兰德扬起胳膊，用力地把鱼叉投了出去！寂静的海面上突然听到"咣"的一声，电光突然熄灭了，两股巨大的海浪毫无预兆地猛扑到战舰的甲板上，从船头急速冲向船尾。我没有站稳，一下子就被抛到了海里。

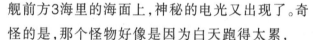

导语

战舰被击中了。那么,阿罗纳克斯教授等人的遭遇又会怎样呢? 他们是否会就此葬身海底呢? 当他们终于脱险并与怪物零距离接触之后,又有着怎样惊人的发现呢?

无名类鲸鱼

意外的落水使我感到一阵恐慌,但我很快就恢复了神志。我本是游泳的好手,因此迅速地浮上了水面。四周是彻底的黑暗,我的内心充满了绝望。忽然,一只有力的手抓住我,把我托出了海面,是孔塞伊!

"是你呀!"我激动地说。

"正是我,"孔塞伊回答说,"为了服侍先生,我就跟着先生下来了。"他说这话时是那么轻描淡写。

孔塞伊告诉我:现在,我们只有指望大船上的小艇来救我们了。

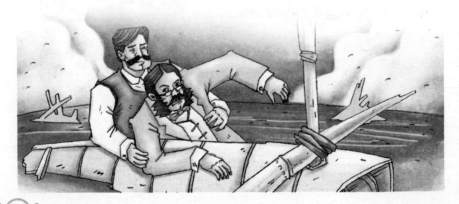

这时，月光从一大片东移的乌云边缘照射下来，海面上闪闪发光。我看到了我们的战舰！但5海里以外的它，根本听不到我们的呼救声。我的嘴唇已经冻得发不出声音了，孔塞伊还可以说出几个单词，我有好几次听他这样喊："救命呀！救命呀！"

似乎有人在回答孔塞伊的呼唤！他又继续推着我向前游，并不时地抬头叫喊。而我的力气已尽，就在此时，一个坚硬的东西碰了我一下，接着，有人把我拉出了水面。我的胸部一下子失去了肿胀感，然后昏了过去……当我苏醒过来时，在月光的照耀下，我看到的竟是内德·兰德的脸！

我们现在居然都在这个怪物的身上！而当内德·兰德被抛入海中时，正好也落到了这个怪物的身上。

"教授，这个东西是用钢板做的！"内德·兰德说。它的确是用钢板制造而成的！这太捉弄人了！这个让学术界不得安宁，让东西半球的航海家们提心吊胆的东西竟然是一个人工制品！现在再也用不着猜测了，我们正站在一艘潜水艇的脊背上。

可是不管怎样，我们得救了。

天终于亮了，海上的雾气也逐渐散去。突然，一块钢板掀了起来，走出来8个强健有力的壮汉，他们一声不吭地把我们全部拉进了这艘神秘的潜水艇中。

导语

　　阿罗纳克斯教授等人被带入了神秘的机器之中。这个机器的主人是谁？他又会是一个什么样的人呢？教授等人受到了怎样的待遇？他们是否会遇到危险呢？

 # 动境中之动

　　我们被他们以闪电般的速度粗暴地绑架进了潜水艇中。舱口立即关上了，四周一片漆黑。我们被推搡着走过铁梯子底部的一扇门，然后门被响亮地关上了。

　　不久，我们听到门闩响。门开了，进来两个人。其中一个人身材不高，但显得强健有力。第二个人身材高大，气宇轩昂，他显然是这艘潜水艇的首领。此刻，他正一言不发地仔细打量着我们。

　　我用清晰的法语向他讲述了我们的遭遇，并介绍了我们的身份。但他似乎听不懂我的话，因为我讲完之后，他一句话也没有说。我很着急，立即叫鱼叉手用英语把我的话重复了

一遍。令人失望的是,内德·兰德讲完之后,这两个人连眉头都没有皱一下。看来,他们既不懂法语,也不懂英语。这两个陌生人用我们听不懂的语言彼此交流了几句之后,就走出门去了。

　　随后,房门开了,进来一个侍者。他给我们送来了不知是什么质地的上衣和短裤。接着,这位侍者又把三份餐具摆放在桌子上。于是,我们坐下来用餐,没有面包和酒,但饮水很新鲜、清凉。用餐时,我注意到每件餐具上都有一个大写字母"N",和它周围的字母连接起来,大致可译为"动境中之动"。肚子填饱以后,很快就在舱房的地毯上睡着了。

导语

阿罗纳克斯教授他们醒来之后就开始商量逃跑的计划，但食物成为了首要的问题。冲动的内德·兰德在这时终于爆发了，然而，更为惊人的还在后面……

内德·兰德的怒火

不知过了多久，我们醒过来了。这时，我们都不知道该是晚餐还是午餐的时间，总之，肚子又饿了。内德·兰德抱怨侍者对我们的怠慢，并且问我这帮人会不会把我们永远关在这里。然后，鱼叉手提出了惊人的建议："我们逃出去吧！"

"逃出陆地上的监狱尚且那么困难，何况是这海底的牢笼呢？"我回答他。

鱼叉手沉默不语。

两个小时又过去了。内德·兰德的脾气越来越糟，我也开始感到悲哀和绝望。被囚禁在这密不透风的"牢房"里，不会有人听到我们的叫喊声，更没有人来关心我们是死是活，我这样想着。先前那个温和、慷慨的船长在我的

记忆中被一个没有同情心的怪人取代了。这时,从外面传来了脚踏在金属地板上所发出的声音。门锁转动,门开了,侍者走了进来。几乎是同一时间,在我还来不及作出任何反应时,鱼叉手扑上去把那个可怜的侍者按倒在地,卡住了他的喉咙。侍者的呼吸开始急促起来。孔塞伊正要上前去解救这个不明不白的受害者时,我被一个突如其来的声音震惊了。那是几句清晰的法语:"先不要冲动,内德·兰德先生。还有您,尊敬的教授,请听我说!"

导语

　　神秘的船长终于说话了，阿罗纳克斯教授等人虽然成为了俘虏，但这些游荡于海下城市、生活在水中的人们和他们各种各样在海底生存的方式似乎使教授忘却了自己的处境。

水中人

　　说这话的人正是那个船长，他居然会讲法语！他接着说："先生们，我会说法语和英语。我之所以让你们把事情的经过反复陈述，是想以此来确定你们的身份后再考虑如何对待你们。"

　　"你们确实让我很为难，你们已经打乱了一个与人类世界不相往来的群体的平静生活……"

　　我向他表示了歉意，并向他讲述了他的船在美洲和欧洲所引起的关注和争论，以及人们猜测他的船是一种

怎样的海怪并要将其除掉的决心。但他认为我们的战舰不只是把他的船当做一种海怪来追逐，并说他没有任何义务来接待我们，他对陆地上所谓的"文明人"制定的那些法规表现出极大的不屑，他甚至不希望跟陆地上的人们有任何瓜葛。看来，他一定有过什么可怕的经历。

我既恐惧又好奇地看着这个人，但是我无法猜透他心里的想法。他说完话后一直在那里沉思，过了许久，他才开口说："命运又把你们送到了我的船上，那你们就安心地留在这里吧。你们只要答应我一个条件，你们在船上就是自由的。"

他的条件是把我们关在现在的舱房里几个小时或者几天，以免让我们看见一些不该看见的东西。我同意了这个条件，但我还想弄清楚我们究竟有多大程度的自由。询问结果表明，我们虽然有在船上行动自由，但那不过是囚徒在监牢里所拥有的那种自由罢了。

我被激怒了。"先生，"我大声地说，"您这完全是仗势欺人，您太蛮横无礼了！"

"不，先生，这是仁慈！你们只不过是我的战俘！把你们留在这里，是为了保护我自己！"

谈话似乎陷入了僵局。过了一会儿，他又用温和的语气对我说道：

"阿罗纳克斯先生，其实您不见得会和您的同伴一样抱怨这个偶然的命运吧？在我的藏书里，有您那本关于海底秘密的著作。我想您不会懊悔在我的船上度过的时光。您将看到世界上除了我和我的同伴之外，其他任何人都没见过的东西。"

这番话果然在我的心里产生了微妙的影响，我甚至有些隐隐的激动，所以我这样回答他："先生，我们会感激您的好心收留。"

当他准备离开的时候，我询问该如何称呼他。

"先生，"船长回答说，"对您来说，我不过是尼摩船长。对我来说，您和您的同伴不过是'鹦鹉螺'号的乘客。"

接下来，内德·兰德和孔塞伊被安排到为他们准备的舱房里用餐去了，而我将和尼摩船长一起共进午餐。席间，尼摩船长告诉我，他和他的船员已经很长时间不吃陆地上的食物了，但身体仍然非常健壮。有时，他还会到海底森林里去狩猎。更有趣的是，他们居然还用从鲸鱼身上挤出的奶做奶油。

尼摩船长见我听得入迷，也就更有兴致了。从他的讲述中我了解到，我现在穿的衣服是用一种贝类的足丝织成的，舱房里的那些东西也都来自海洋。

"教授，如果现在您愿意参观我们的'鹦鹉螺'号，我将很乐意为您做向导。"

智慧书坊

31

导语

尼摩船长带领阿罗纳克斯教授参观了"鹦鹉螺"号，它神秘的面纱即将被揭开。好奇的你赶快跟随尼摩船长一起去参观一下这传说中的"怪物"吧。

 # "鹦鹉螺"号

我在尼摩船长的带领下，穿过餐厅后部的双重门，走进了一间布置得十分精致的图书室。它的大小与餐厅差不多。四周摆放的书架全是由黑色的巴西玫瑰木制成的，上面还嵌着铜丝。书架上摆满了装帧一致的书籍。书架下面是几排大沙发，全都蒙着褐色的皮革，看起来极为舒适。沙发前面是可以移动的小书案。房间的中央，是一张大书桌，上面摆满了各种小册子和几张旧报纸。整个房间沐浴在屋顶上的 4 个磨砂玻璃球发出的柔和电光中。真是太美了！我由衷地赞叹道，几乎不敢相信自己的眼睛。尼摩船长告诉我，这里的藏书有 1.2 万册，我可以随意阅读。我为自己得到这种待遇向他表达了深深的谢意。书架上有各种文字的科学、哲学和文学书籍。奇怪的是，我找不到任何一本关于政治经济学方面的书。我还发现我的两本拙著也有幸列入其中，这大概也是我受到如此款待的原因吧。

　　这时，尼摩船长递给我一支烟。我接过来一看，发现它的形状有点像古巴雪茄，似乎是用上等的金色烟叶制成的。我已经有两天没有吸烟了，于是赶紧在一个有精致铜托的小火盆上把烟点燃，尽情地吸了几口。

　　"味道好极了，"我说，"但应该不是烟草。"

　　尼摩船长告诉我，这种雪茄是用一种富含烟碱的海藻制成的，并问我是否会为抽不到古巴雪茄而感到遗憾。不！当然不！事实上，我觉得它比古巴雪茄的味道还好。这时，尼摩船长又将图书室正对着的那扇门打开。我被领进了一个宽敞华丽的大客厅。它的形状犹如一个被切去了四角的长方形，大约有 10 米长、6 米宽、5 米高。天花板上装饰有阿拉伯式的花纹图案，灯球发出柔和、明亮的光线，照耀着陈列在这里的奇珍异宝。三十多幅名画以一种奇特的搭配方式点缀在四周图案朴素的壁毯上，这其中有古代大师达·芬奇、拉斐尔等人的画，也有近代大师德拉克洛瓦、安格尔等人的画。在这间博物馆的角落里放置着模仿古代经典作品的带底座的缩微铜像和大理石像。靠着客厅墙的钢琴上，杂乱地摆放着如莫扎特、贝多芬等著名音乐家的乐谱。凭我的直觉，尼摩船长一定是一位艺术家，而他却谦称自己不过是一个艺术的业余爱好者而已。他说，这些名家大师的作品是陆地留给他的最后的纪念品，然而对他而言，它们根本没有古代、近代之分。他甚至说，他本来已经死了，和他那些长眠于地下的朋友没有什么两样。说到这里，他沉默地靠在一张珍贵的嵌花桌子上，不再看我，他仿佛陷入了他独有的世界，早已忘记了我的存在。我不愿打扰他，便一个人继续浏览这个房间里收藏的其他珍品。

除艺术作品之外，各种自然珍品也占据着重要的位置。这些诸如植物、贝壳和其他海产品，无疑都是尼摩船长个人收集起来的。在大厅中央，还有一个电光照耀的喷泉，水升起来又落在一个由大贝壳制成的碗形水池中。水池周围是精致的玻璃柜，最珍贵的海产品都在这里得到了仔细的存放和严格的分类。作为一个生物学教授，我看到这些东西时所感受到的喜悦可能是一般人所难以体会的。在柜中的一个特殊的格子里，摆着无与伦比的美丽珍珠，它们在电光的照耀下，发出耀眼的光芒。

我想尼摩船长一定花了数百万巨资来购得这些珍宝，但却想象不出他为什么会有那么多的钱。正这样想着的时候，我的思绪被尼摩船长的话打断了。他说，这一切都是他亲手收集起来的，地球上的海域没有一处可以躲得过他的搜寻。

我发现这个客厅的墙壁上挂着许多仪器，便向尼摩船长请教它们的用处。他慷慨地对我说道：

"阿罗纳克斯先生，我有言在先，您在我船上是完全自由的，您可以随意参观这船的任何一个部分，我也很高兴做您的向导。至于这些仪器，我的房间里也有，我会在我的房间里详细地讲给您听的。现在，我们先去参观一下为您准备的舱房吧。"

我跟着尼摩船长

穿过客厅，又回到走廊当中。几步之隔，我们进到了一个经过精心布置的居室。这就是为我准备的房间吗？房里有床、梳妆台以及其他各种各样的漂亮的家具。我兴奋极了，除了说"感谢"之外我什么都说不出来。尼摩船长说，他的房间和我的房间紧挨着，而且还与我们刚才离开的客厅相通。过了一会儿，我们又来到船长的房间。里面布置得朴素整洁，除了一些必需品之外，没有任何豪华讲究的东西。尼摩船长让我坐在椅子上，然后他又讲了起来。

导语

"鹦鹉螺"号像谜一样吸引着教授，而最令他吃惊的是"鹦鹉螺"号所使用的最方便、最快速的原动力。那么这一原动力到底是什么呢？它真的完全不依靠陆地而仅仅来自海洋吗？

一切全靠电

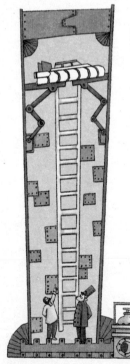

"阿罗纳克斯先生，"在尼摩船长的房间，他开始给我讲解挂在他房间墙壁上的那些仪器。

"在详细讲解之前，我必须向您说明一点：这里有一种方便、快捷的原动力，它就是电。"

"电？"我有些吃惊地喊道。

"是的，先生。但我的电不是普通的电。我发电的原动力并不借助于陆地，大海本身就可以提供给我发电所需的原料。"

"太奇妙了！"我赞叹道。

"这只是其中的一部分，阿罗纳克斯先生，"尼摩船长站起来说道，"如果您有兴趣，我可以带您去看看'鹦鹉螺'号的后部。"

我跟着尼摩船长穿过走廊，来到了船的中心部位。我看到在两道隔板之间有一个井状的开口，顺着内壁有一架铁梯子直通上

端。尼摩船长告诉我说："它可以通到一艘又轻快又不易沉没的小艇上去，我们可以在那里钓鱼和游览。"

若非亲眼所见，这一切真的让人难以置信。我对"鹦鹉螺"号的每样设备都有着极大的好奇，我不停地向尼摩船长问这问那。我担心自己或许有些冒昧，但他却慷慨地说："教授，我可以告诉您任何您想知道的问题的答案。现在您跟我到客厅里，去参观一下我们真正的工作室，在那里，您所有的问题都会得到解答的。"

导语

神秘的"鹦鹉螺"号带给我们无限的想象,而传奇人物尼摩船长更是一个令人捉摸不透的人。要想了解关于尼摩船长和他的"鹦鹉螺"号更多的事情,那就请看这一篇吧!

几组数字

船长将一张详细绘制的 "鹦鹉螺"号平面图和侧面图的图纸展开,铺在茶几上。他开始了对船只的描述:"阿罗纳克斯先生,我们现在乘坐的这艘船的形状和我们手中的雪茄烟差不多。从头至尾刚好是230英尺,最宽处为26英尺。'鹦鹉螺'号有内外两层船壳,用'T'形蹄铁将它们连接起来。这种细胞式的结构可以使船只坚硬无比,最汹涌的风浪都无须惧怕。两层船壳均由钢板制造,算上机器以及各种附属船具和装置,加起来共有1356.48吨,这么说您是否明白呢?"

"是的。但是,好像还有一点儿困难,船长,"我问,

"您怎么解决船在下沉时所遇到的浮力呢?因为在我看来,除非您把'鹦鹉螺'号全部装满水,否则它怎么可能沉到海底去呢?"

"教授,"船长回答,"您犯了一个严重的错误。您知道,海水的体积在不同深度下的压力程度也是不一样的。根据计算结果,如果船要下到3200英尺深的水层,只须让船增加7.24吨的重量就可以了。而我的备用储水池可以容纳100吨的水,所以下到海底深处是没什么问题的。"

"这太奇妙了,船长!"我喊道,"但是领航员是如何知道您在水底给他指示的航行路线呢?"

"领航员守在一个位于船身顶部装有透镜状玻璃窗的特殊舱里,舱的局部装有一个可以照亮半海里水域的强光探照灯。"

"啊!现在我明白所谓的独角鲸的磷光现象了。船长,我想冒昧地问您一下,您也是船舶工程师吗?"

"是的,教授。"他回答,"当我还是陆地上的居民时,我曾在伦敦、巴黎和纽约学习过。"

"但是,您是怎样秘密地制造出这艘神奇的'鹦鹉螺'号的呢?"

"我把各个部件的设计图分别寄给世界各地的厂家或公司定做。不过,上面的署名都各不相同。这些部件做好以后,我将工作场所建立在大洋中的一个小岛上。"

"那么,您的这艘船一定耗费了大量的资金吧?"

"这艘船耗资168.87万法郎,连同装备费一共是200万法郎,再加上船内所有的艺术品和其他收藏品,总价值将达到四五百万法郎。"

"恕我冒昧,尼摩船长,您一定很富有?"

"是的,我拥有无数的财富,甚至可以轻松地为法国偿清100亿的国债。"

导　语

尼摩船长带着大家到神秘的海洋世界去"遨游"了,在那里他们看到了怎样的神奇景色呢,一起跟随他们去看看吧!

黑　潮

地球上各大陆形状的不同,使得地球上的海域被分为:北冰洋、南冰洋、印度洋、大西洋和太平洋。其中太平洋有145度的经度范围,连接南北两极,横跨亚美两大洲,是5大洋中最为平静、阔大,降水量最为丰富的海洋;也是我在这次最神秘的经历中,首先穿越的海洋。

"教授,"尼摩船长对我说,"我将记录下我们现在的方位,以确定这次航行的出发点。现在时间是差一刻正午,我们即将浮出海面。"

船长开始了他的操作,抽水机正在逐渐把水从储水池中排出。压力表显示,"鹦鹉螺"号正在上升,一会儿又突然停住不动了。我从中央的楼梯爬到平台上,平台浮出水面仅2.5英尺。"鹦鹉螺"

号的船身呈纺锤般的形状，很像一支长长的雪茄烟。我注意到钢板之间的轻微重叠，它看上去就像陆地上的大爬虫类动物的鳞甲。难怪先前和它遭遇的船会把它看成是一只海中动物。我看到那只半藏在船壳中的小艇，也微微地有些耸出来了。在平台前后，各有一个装有透镜的向侧边倾斜的小船。一个是"鹦鹉螺"号的领航人使用的，另一个则装着为他和航行照明用的强光探照灯。我站在平台上举目远眺，大海宽广壮丽，天空晴朗无云。长长的船身几乎让人感觉不到大海的波动。天际没有一丝云雾，放眼望去，海面平静而孤寂。

尼摩船长正用他的六分仪测量太阳的高度，以此来确定船所在的纬度。

接着我们回到客厅的沙发上。船长在地图上标了方位，计算出我们现在所在的经度是西经 37 度 15 分，因先前已经测出纬度是北纬 30 度 7 分，那么我们现在所处的位置就在距离日本海岸约 300 海里的水域。这一天是 11 月 8 日，此刻是正午时分，一想到我们的海底探险的航行就要开始了，我的心中一阵激动。

"教授，"船长对我说，"现在您可以开始研究。我已经发出命令，船将在 50 米的水下向东北偏东的方向行驶。您可以根据这些地图来辨识我们的航线，客厅您可以随意使用。现在我还有事，要向您告辞了。"

尼摩船长说完以后，向我行了个礼就出去了。我独自坐在客厅里沉思，所想的全都和这位"鹦鹉螺"号的船长有关。整整一个小时，我沉浸在对他的种种猜测之中，极力想揭开这个已使我十分着迷的谜底。然后，我的眼光落在桌上那张巨大的地图上，注视着我们目前所在的那个点。

海洋和陆地一样，也有它的江河。它们是一些特殊的水流。其中最为大家所熟知的就是暖流。据记载，地球上有五大暖流，分别分布在大西洋北部，大西洋南部，太平洋北部，太平洋南部，和印度洋南部。现在，地图上的那个点就正处于其中一道被日本人称为黑水流的暖流上。黑水流发端于热带的孟加拉湾，由于阳光长期照射，使得海水很温暖。它穿过马六甲海峡，沿亚洲海岸前进，从太平洋至阿留申群岛呈弧状流动。"鹦鹉螺"号所要经过的正是这道暖流。当内德·兰德和孔塞伊出现在客厅门口的时候，我正盯着地图上的这个点，仿佛看见它消失在太平洋无边无际的海水之中，感觉自己正和船一起在波涛中奔腾前进。

而我的两个同伴则被眼前的奇珍异宝惊呆了。他们以为自己正置身于加拿大的魁北克博物馆或法兰西的桑美拉大厦。我用手势招呼他们进来，告诉他们此刻我们正在 50 米的海底下的"鹦鹉螺"号上。我的提醒使他们回过神来。对生物分类着迷的孔塞伊早就俯在玻璃柜上目不转睛，口中念念有词。内德·兰德则一连串问了我好多问题，我简直来不及回答他。我尽我所能地告诉了他一些情况,然后也问他听到和看到了些什么。内德·兰德仍然没有放弃他那个冒险夺取或逃出"鹦鹉螺"号的念头。他抱怨连船上人员的影子也看不见,似乎他打算弄清了船上有多少人以后就要采取行动了。我要他保持冷静,放弃那些不现实的想法,试着接受现在的处境,抓住这难得的机会看看我们周围神奇的事物。

"观看我们周围的事物?"内德·兰德听了我的话后愤愤地喊道,"我们在这个钢制的监牢里会看见什么东西?永远也不会!这艘船不过像一个瞎子一样在海洋里乱窜。"

正当内德·兰德说这些话的时候,客厅里一下子全黑了。天花板上的灯灭得如此之快,以至于我们的眼睛都有刺痛感,正如在漆黑的状态下突然看见刺眼的光芒一样。我们全都默不作声,一下子呆住了,不知道等待我们的意外事件是福还是祸。紧接着我们听到似乎有什么东西在滑动的声音,好像是壁板在"鹦鹉螺"号的两侧动了起来。

"现在真的是到了末日!"内德·兰德说。

"水母!"孔塞伊低声喊道。

透过两个椭圆形的开口,一道强烈的光线突然射入客厅。"鹦鹉螺"号周围被电光照耀着的海水明亮闪烁,两块玻璃板把我们与海水隔开。起初,我想到这两块脆弱的隔板可能会在强大的水压下碎裂,心中不免有些恐惧。但我看见它有坚固的铜架支撑着时,凭着一种信念,我觉得它似乎有着无穷的抵抗力。现在,"鹦鹉螺"号周围一海里内的水域清晰可见。这是怎样的一种奇观啊!即使再高明的画家也很难把它描绘出来。谁能画出这些穿越透明水层的光线以及当它向海底的深处渗透时渐渐黯淡下去的效果呢?随着"鹦鹉螺"号在海水中穿梭,电光在水波中闪耀,明亮的海水也变成流动的光了。客厅的每一边都有一扇窗户朝向未曾探测过的海域。我们就像是在一座巨大的水族馆里畅游一样。我们简直看呆了!久久地没有人打破这种静默。过了一阵,孔塞伊终于说话了:

"您不是想看见一些什么东西吗,内德?现在您已经看见了!"

"简直令人难以置信！"内德·兰德咕哝道。他现在已经不可抗拒地被眼前的奇观迷住了，使他暂时忘记了他的愤怒和逃跑计划，"即使是从很远很远的地方前来观看这番景象也是值得的。"他又补充说道。

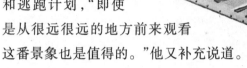

至于我，我认为我现在才刚刚有一点了解尼摩船长的生活。他为自己另外创造了一个私人的世界，一个充满了最为神奇的事物的世界。我正这样想着的时候，内德·兰德又叫了起来，说他看不见鱼。孔塞伊说内德·兰德还不认识鱼，这当然让以捕鱼为业的内德·兰德不服，两人开始争执起来。我应该说明一下，他们两人现在已经有了很深的友谊。平心而论，他们两人在关于鱼方面的知识各有所长。孔塞伊是个狂热的分类专家，他那关于鱼的分类的介绍，听得内德·兰德心服口服。正在这时，一群鱼游过来了，内德·兰德赶紧让孔塞伊说出这些鱼的名目来。但孔塞伊被难住了，因为他虽然是一位出色的分类专家，但却不是一位生物学家。比如，他不一定能分辨鲤鱼和鲸鱼的不同，而内德·兰德正好相反，他可以毫不迟疑地说出各种鱼的名目来。就在我指着其中的一条鱼说那是箭鱼时，他立即就补充说那是中国箭鱼。我甚至想，要是把他们两人结合起来，那将会是一位多么出色的生物学家啊！

正如内德·兰德所说，在我们眼前游动的这种身躯扁平，皮肤起皱，背脊上有箭镞式武器的正是一群中国箭鱼。它们在"鹦鹉螺"号周围游来游去，不停地摇摆着尾巴两边的四排尖刺。再没有什么比这种鱼的外观更让人赞叹的了：下灰上白，浅黑中点缀着点点金黄，在海水中闪闪发亮。围绕它们的波光，像一块风中的台布一样翻来转去。在它们当中，

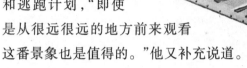 智慧书坊

45

我惊喜地发现了一条我很喜欢的中国鲻鱼。它的上部是淡黄色，下部是娇嫩的玫瑰红，眼睛后面带有 3 根刺。这是鱼中的稀有品种，许多著名的生物学家甚至怀疑它是否存在，因为他们只是在一些日本的画册中看见过它。在整整两个小时里，一大群水族部队浩浩荡荡地为"鹦鹉螺"号护航。它们欢快地嬉戏、跳跃着，用它们的美丽、光彩和速度进行比赛。从它们当中，我可以辨认出一条带有双层黑线的海洋细鱼，一条尾圆、身白、背上带有紫红斑点的虾虎鱼，一条身蓝、头银白的日本海中的美丽鲭鱼，一些口像笛子一般的笛口鱼，一些长至 3 英尺的海鹌鹑，一些巨大的日本火蛇，多刺的鳗鱼等等。

我们的惊奇和赞美一刻也没有停止过，还不断地发出惊叹声。内德·兰德喜欢说出鱼的名字，孔塞伊喜欢把它们加以分类，而我则在这些鱼的活泼姿态和美丽的外形面前，感受到一种前所未有的狂喜式的愉悦。因为我从未能够像现在这样，亲眼观看这些动物如此活泼和自由地置身于它们的天然环境之中。

突然，客厅的灯光亮了。船边的嵌板迅速合并了，令人陶醉的美景消失了。我这时还沉浸在那神奇的景色中，直到我的眼神无意中落到了悬挂在墙上的那些仪器上。罗盘仍然指向东北偏东的方向，气压表显示出 5 个大气压，这意味着船正处于 50 米深的水下。而电力测程器的数据则表明"鹦鹉螺"号正以 15 海里的时速行驶。

我一直期待着再次见到尼摩船长,但他一直没有出现。晚上 5 点钟,内德·兰德和孔塞伊返回了他们的舱房,我也回到了我的房间。侍者已经准备好了晚餐,一盘卷片状的海绵鲤鱼肉,鲤鱼肝作为配菜被规则地摆在盘边,然后是一盘我觉得它的味道要胜过鲑鱼的金鲷鱼的肉片,最后是最美味的海鳖汤。用完餐后,我整个晚上都在不停地阅读、写作和思考。当倦意袭来的时候,我就躺在海藻叶制成的床上进入了梦乡。而此时,"鹦鹉螺"号正在全速穿越黑水流的急潮。

导语

尼摩船长已经有8天没有露面了,这天他却突然邀请教授同他去"海底森林"进行捕猎活动,这次捕猎之旅的奇特之处不仅在于它进行的场地,更在于它先进的设备……

 一封邀请信

无聊的日子过了几天,我一直没有见到尼摩船长。11月16日,当我和两个同伴一起回到我的房间时,发现桌子上有一封给我的信。信的内容大致是这样的:

阿罗纳克斯教授:

尼摩船长盛情邀请您参加明天早晨在克利斯波岛森林中举行的一次狩猎。同时也非常欢迎您的同伴们能一道前来。

"鹦鹉螺"号船长尼摩

1867年11月16日

内德·兰德和孔塞伊都异常兴奋,鱼叉手以为又能到陆地上去,让我一定要接受邀请。

第二天,11月17日,我醒来的时候发觉"鹦鹉螺"号完全不动了。我赶紧穿好衣服,走进了客厅。尼摩船长已经在那里等我了。我表示我和我的同伴很乐意跟他一起去打猎,但我还是忍不住问了一句:"船长,既然您已经跟陆地断绝了任何往来,您又怎么会有森林在克利斯波岛上呢?"

　　"教授，"船长闻言笑了起来，"我的森林不是陆地上的森林，而是海底的森林。"

　　他告诉我说，我们在水下将要使用的不是一般的潜水设备，而是一种经过改良的德国机械。至于海底照明，用的是可挂在腰间的兰可夫探照灯。

　　现在，我最大的疑问就是我们所使用的猎枪是用什么制造的。尼摩船长告诉我，这是一种装有特殊开关的气枪，可以在海水中进行射击。这种枪的子弹足以致命，猎物一旦被打中，不管伤得多么轻，都会立即像遭到雷击一样倒下。

　　听完尼摩船长的解释后，我表示愿意跟着他去任何地方。于是，我们来到一个靠近机器室的小房子里，我们将在这里穿上我们的打猎服。

导语

导语

　　尼摩船长邀请阿罗纳克斯教授和他的同伴们去打猎,他们所谓的打猎是我们所想象的那样吗? 海底与陆地毕竟有很大差别,他们为此要作哪些准备呢?

漫步海底平原

　　原来所谓的打猎服就是墙上挂着的那些潜水衣。内德·兰德十分讨厌这种潜水衣,不肯穿,说除非有人强迫他,他绝不会自己套进去。尼摩船长冷冷地对他说没有人会强迫他的,然后吩咐两个船员帮我和孔塞伊穿上潜水衣。潜水衣是用橡胶制成的,很沉,密不透水,应该可以承受很大的压力。全身上下连为一体,裤脚下是底部装有重铅板的鞋。上衣外面缀满铜片,像铁甲一样护卫着胸部,可以抵抗水的压力,让肺部自由地呼吸。衣袖和手套感觉十分柔软,丝毫不妨碍两手的运动。毫不夸张地说,这简直是一套非常完美的潜水衣。

　　尼摩船长,他的一个臂力过人的同伴,孔塞伊和我,一共4人全都穿好了潜水衣。

　　在把脑袋装入金属圆球之前, 我要求尼

摩船长给我看一看我们将要使用的猎枪。一个船员拿了一支枪给我。枪托是用钢片制成的,体积很大,中间的空隙是用来储藏压缩空气的,上面有活塞,转动机件便可以使空气流入枪筒。枪托中装有一个含有 20 粒电子弹的弹盒,利用弹簧可将子弹弹入枪膛中。一粒子弹发出后,另一粒子弹立即自动填补,这样便可以连续发射。

我和孔塞伊按着尼摩船长的指示戴上了圆球帽。圆球帽上有 3 个用厚玻璃防护着的孔,头在帽中转动便可看见周围的东西。脑袋一钻进圆球帽中,背上的呼吸器便立即发挥作用。就我个人而言,我认为呼吸非常顺畅。腰间挂上兰可夫探照灯,手上拿着猎枪,我们走进一个跟更衣室相连的小房中,等待出发。几分钟后,只听到一声尖锐的呼啸,随即一股冷气从脚底直涌到胸部,显然是有人打开了船内的水门,让海水冲进来了。接着船侧的另一扇门打开了,一道半明半暗的光线照射着我们。一会儿工夫,我们的双脚便踏在海底了。

尼摩船长走在最前面,孔塞伊和我紧紧相伴,他的同伴在后面几步远的距离处跟随着我们。这时,我一点儿也感觉不到潜水衣的重量了,头在圆球帽中也活动自如。我看见太阳光强有力地穿透水层直达海底,100 米以内的物体清晰可辨。海底像被涂上了一层优雅的深蓝色。我们在明亮而平坦的沙层上走了足足有一刻钟的时间。回头望去,形如长条

暗礁的"鹦鹉螺"号已经渐渐消失在视野中,但它的探照灯射出的强光,可以指引我们回到船上。我们在漫无边际的细沙平原上不停地行走。我用手分开水帘,它在我身后又自动合上,我的脚印也被海水的压力迅速抹去了。

不久,一片海底岩石呈现在我的眼前。石上满铺着色彩绚丽的植虫动物,我一下子看呆了!这时是早晨10点,阳光以一定的角度投射在海面上,经过折射照在海底的花、石、植物、贝壳、珊瑚上面,在其边缘显现出7种不同的颜色。各种色调错综交织,简直就是一个色彩缤纷的万花筒。实在是太神奇了!孔塞伊和我都不由得停下来欣赏这绚丽的奇观。面对这么多种植虫动物和软体动物,他一定又在不停地加以分类了。这些点缀在海底的朵朵彩花,在我们经过时,随着海水的波动也轻轻地摇曳起来。我们简直不忍心把它们踩在脚底,然而我们不得不踏着它们继续前进。

在我们头上,有成群结队的水母,有的为我们遮挡阳光,有的又发出磷光为我们照亮前进的道路。

在大约1/4海里的范围内,我连续不断地看到这些珍品。每当我不

由自主地停下来观赏的时候,尼摩船长就招手让我跟上他。不久,我们从细沙平原来到了一片胶黏的泥地。接着又穿过一片海藻平原,它们是一些海水没有冲走的海产植物,正在大量繁殖。我们的脚下绿草如茵,我们的头上也是一片翠绿。一层轻飘飘的海产植物浮在水面上,全都是取之不尽的海藻,拿我们已经知道的来说,就至少有 2000 多种!

我们离开"鹦鹉螺"号大约有一个半小时了。现在应该是中午时分,太阳光垂直地照射下来,没有了先前的折射分解,魔幻般的色彩也逐渐消失了,翠玉和青玉的色泽变幻也从我们的头顶消失了。我们迈着坚定的步子向前走,脚下发出极其响亮而密集的声响。这时候,海底地面突

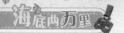

然开始急剧地倾斜下去,光线的色调也变得一致。我们已经到了 303 英尺深的水下,阳光虽然没有消失,不过相当微弱。好在路还看得清楚,暂时不需要兰可夫探照灯。这时,尼摩船长停了下来,走到我身边,指着不远处的阴影中的一堆堆模糊不清的东西。

　　我猜那一定就是克雷斯波岛的森林了!事实证明我是对的。

导语

经过几个小时的跋涉，尼摩船长一行终于来到了克雷斯波岛的森林。这是一片怎样的森林呢？在打猎过程中，又发生了什么事情呢？

海底森林

那的确是克雷斯波岛的森林。我们经过几个小时的跋涉，终于到达海底森林的边缘了！这无疑是尼摩船长广大领土中最美好的一处。森林里到处是高大的木本植物，而且其树枝的生长形状相当奇特，全部笔直地伸向海面，整个森林简直就是一个垂直的世界！但我很快就习惯了这种奇特的形状，同时也习惯了我们周围相对黑暗的环境。因为我们必须

随时躲开林中地上那些分布密集的尖利石块。这里的植物类型似乎应有尽有，和南北两极地带或热带区域的森林相比，有过之而无不及。我注意到，这里的植物都没有根，它们和土壤只是表面相接，不像陆地上的植物那样把土壤作为一生赖以生长的能量源泉。它们需要的只是一个支点，而它们生存的资源仅仅靠海水供给就足够了。它们大部分都没有树叶，只长出色彩有限的奇形怪状的薄片。在这些像温带树木一样高大的灌木的潮湿的阴影下，遍生着开有鲜艳花朵的荆棘丛和成排的植虫动物。上面有像花一般开放的条纹弯曲的斑纹状脑珊瑚，须触透明的黑黄色石竹珊瑚，像草地般丛生的石托珊瑚，还有像成群结队的蜂鸟一样的蝇鱼，正从这一枝到另一枝地游来游去。而那些两肋耸起、鳞甲尖利的黄色蠹虫鱼、飞鱼、单鳍鱼等，就像一群鹌鹑，正在我们的脚下跳跃着。

下午 1 点钟左右，尼摩船长让我们暂时休息一下。我们就在一处海草荫翳的地方躺下来。这时，我们已走了 4 个小时了。但让我不解的是，我竟丝毫感觉不到饥饿。然而，想睡觉的念头却无法克制，我的眼睛很快就在厚厚的玻璃后面闭起来了。

当我醒来的时候，太阳已经开始西沉，尼摩船长早已经站了起来。我伸展四肢，准备起身。恰在此时，一件意外的事发生了。一只 1 米高的海蜘蛛在离我几步远的地方向我扑过来。虽然潜水衣的保护使我不会受到任何伤害，但我的心里还是充满了恐惧。这时，孔塞伊和"鹦鹉螺"号的水手也醒来了，后者一枪打中了海蜘蛛，这个怪物拼命地抽搐了一阵后就死去了。我本以为旅行也该到此结束了，但没想到尼摩船长继续带着我们大胆地前行。地势急剧下陷，我们到了最深的海底。时间大概是 3 点钟，我们来到了一个 150 米深的狭窄山谷。山谷里峭壁林立，一片漆黑。我和孔塞伊模仿着尼摩船长和他同伴的样子，把腰间的探照灯打开，周围 25 米以内的海水都被照亮了。

尼摩船长继续带着我们深入到幽暗的深处。沿途树木渐渐稀少，而各种海底动物仍然到处都是。有好几次，我看见尼摩船长停下来瞄准，但观察一阵后又放下枪来继续前行。终于，在大约 4 点钟的时候，我们总算到达了目的地。

一道高大的岩石墙和一大堆怪石耸立在我们的眼前。这里就是克雷斯波岛的尽头，上面就是陆地了。尼摩船长突然停下来向我们打手势，要我们往回走，因为他不愿意越过这最后的界线踏到陆地上去。

我们在90.9米深的海底往回走，四周各种各样的小鱼比天空中的飞鸟还要多，但值得枪击的猎物却迟迟没有出现。突然，船长对着丛林放了一枪，一个动物在离我们几步远的地方倒下了。那是一只约一米半长、长得很好看的水獭。它的表面呈栗褐色，里面是银白色，如果把它做成皮筒，在俄国或中国的市场上将是十分罕见的皮料。尼摩船长的同伴跑过去把水獭扛在肩上，我们又继续往前走。在一个小时内，我们的眼前一直是一片细沙的平原。平原有时升至距离海面不足 2 米的高度。我可以清楚地看见我们的影子映在水中，但方向相反。我还注意到另一种奇特的情形：片片乌云从我们的头顶上飞过，又很快地消失。其实，这些所谓的乌云不过是海面下薄厚不一的波浪层变幻所致。

海面上突然出现一个疾飞的阴影，那是一只两翼伸展的大鸟正朝我们的方向飞过来。在它距离水面几米的时候，尼摩船长瞄准、射击。它

被击落下来，一直掉到这位猎人的身旁。这是一只信天翁，是海鸟中最令人赞美的一种。我们又继续前进。在两个小时里，有时在细沙平原上走，有时又在苔藓草地上走。就在我已经累得快要走不动的时候，我看见在半海里外有一道模糊的光线冲破了海水中的黑暗，那是"鹦鹉螺"号的探照灯。我迫切地希望可以回到船上自由地呼吸，因为我感觉到我所呼吸的空气里氧气含量已经很少了。

这时，在我前面20步左右的尼摩船长突然从我面前折回来，并用有力的手把我按在地上。他的同伴也对孔塞伊如法炮制。我立刻对他的行为有了不好的猜想，但看见尼摩船长也躺在我身边，心里就坦然了。我们躲在苔藓丛林的后面。我悄悄地抬起头，发现两只有着庞大躯体的火鲛，正气势汹汹地向我们这边游来。这是海洋中最可怕的一种鲨鱼，此刻，望着它们那银白的肚腹，满是利牙的大嘴，我已忘记了自己生物学家的身份，心中充满了即将被吞食的恐惧。上帝保佑，也许是这对火鲛的视力太差，也许是它们有更重要的事要做，总之，它们居然从我们身边游过去了。能躲过这次袭击简直是一个奇迹，因为其危险程度远远

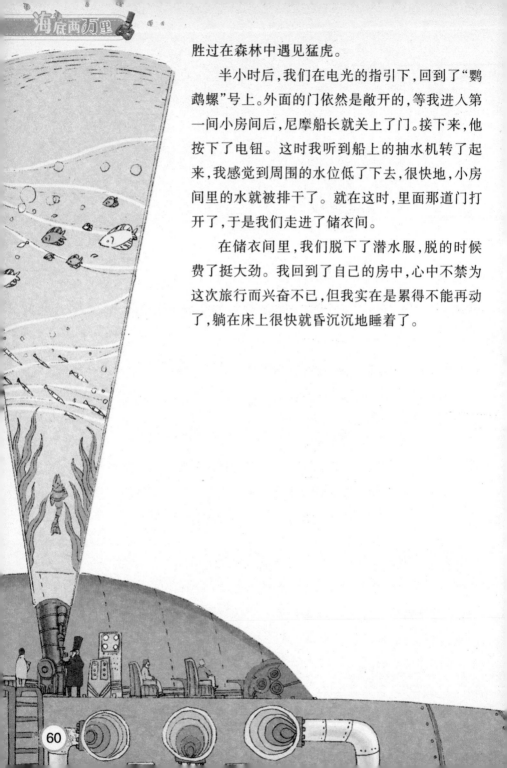

胜过在森林中遇见猛虎。

半小时后，我们在电光的指引下，回到了"鹦鹉螺"号上。外面的门依然是敞开的，等我进入第一间小房间后，尼摩船长就关上了门。接下来，他按下了电钮。这时我听到船上的抽水机转了起来，我感觉到周围的水位低了下去，很快地，小房间里的水就被排干了。就在这时，里面那道门打开了，于是我们走进了储衣间。

在储衣间里，我们脱下了潜水服，脱的时候费了挺大劲。我回到了自己的房中，心中不禁为这次旅行而兴奋不已，但我实在是累得不能再动了，躺在床上很快就昏沉沉地睡着了。

导语

托雷斯海峡是非常危险的地带,无数航海家的船只在这里触礁沉没,可是尼摩船长却要穿过海峡。阿罗纳克斯为此非常担心,那么接下来教授、孔塞伊、内德·兰德会怎么做呢?

托雷斯海峡

1868年1月1日的清晨,当我习惯性地坐在平台上观赏海景时,孔塞伊走过来向我致以新年的问候。

到1月2日,从日本海出发算起,我们已经行驶了1 1340海里。现在,展现在"鹦鹉螺"号面前的,是澳大利亚东北沿岸一片非常危险的水域。尼摩船长告诉我,他打算穿过危险的托雷斯海峡去印度洋。

在进入这个海峡之前,尼摩船长采取了一系列必要的措施。此时,"鹦鹉螺"号已经由尼摩船长亲自领航了。就在大约下午3点的时候,"鹦鹉螺"号突然撞到了一块礁石,并且搁浅下来。

目前,我们的处境非常严峻,因为"鹦鹉螺"号是在涨潮的时候搁浅的,这就意味着要重回大海将非常困难,甚至是不可能的了。但尼摩船长仍然像往常一样冷静。他不以为然地说道:"5天之后就是满月,那时大海掀起的波涛将把船重新拉回海中。"说完之后，他就和船副回到船舱里去了。

尼摩船长走后，鱼叉手走过来询问我情形到底怎么样。我把船长的想法转述给他，可他根本不相信有这种可能。他认为我们应该到岛上去探探地形。孔塞伊也赞同他的意见，并让我去同尼摩船长说一说。我只好去请求尼摩船长。出乎我的意料，他居然答应了。

第二天，我们带着电气枪和刀斧，乘坐船上的那只小艇出发了。小艇航行得很顺利。鱼叉手非常高兴，不住地振臂高呼，甚至唱起了小调。时针指向8点30分时，我们的小艇安全地穿过围绕在格波罗尔岛的暗礁群，停在了一片美丽的海滩上。

导语

在海底漫游了很多天后,阿罗纳克斯教授他们暂时可以回到陆地了,他们在小岛上采摘野果、打猎,那他们还会回到"鹦鹉螺"号上吗?

陆地上的几天

当我的双脚重新踏上干燥的陆地时,心中真有说不出的激动。这个小岛上树木繁茂,我们商量了一下,准备把小艇分为三个部分,分别存放水果、蔬菜和猎物,好带回去为尼摩船长他们改善一下伙食。

我们幸运地找到了许多可以吃的植物,其中有一种叫面包树,在岛上四处都是。

摘完了面包果,我们又

接着去寻找水果和蔬菜,我们决心在岸上吃一顿像模像样的正餐。搜寻的结果令我们很满意。当我们回到海滩时,真可谓满载而归。

下午5点左右,我们带着所有的战利品离开了海岛,半个小时后,我们又回到了"鹦鹉螺"号的旁边。我们把食物搬上船后,就各自回房了。

第二天,1月6日,我们决定再到格波罗尔岛上去。上午11点的时候,我们已经到达了岛上中心山脉的丘陵地带。我们的肚子越来越饿,幸运的是,孔塞伊胡乱放了两枪,居然打下了一只白鸽和一只山鸠。不管怎样,午餐总算有了着落。然而,内德·兰德却因为没有打到四足动物而耿耿于怀,我也因为没有捕捉到一只天堂鸟而感到十分遗憾。于是,我们决定继续打猎。我们听从了孔塞伊的建议,朝着森林地带继续向前走。大约一个小时以后,我们来到了一座真正的西米树森林,但这里仍然无法捕捉到天堂鸟。正当我打算放弃的时候,突然听到我前面的孔塞伊发出胜利的欢呼声,他手中举着一只异常美丽的天堂鸟来到我的身旁。

我的欲望因为捕获了这只天堂鸟而得到了满足。下午2点的时候,鱼叉手的运气也来了,他打到了一头肥大的野猪。下午6点时,我们重新回到了海滩上。

内德·兰德立即生火烤肉。很快,空气中便飘满了肉的香味儿。内德·兰德希望永远也不要回到那艘无聊的船上去。当我们正在商量去向的问题时,突然,一块石头落到了我们的脚边。

导语

教授和他的同伴们正在美丽的小岛上商讨去向的问题，突然飞来了一块石头，这块石头是从哪来的？他们又遭遇到什么样的危险了，他们能成功脱险吗？

尼摩船长的雷电

我们往嘴里送东西的手都停了下来，立即朝树林的方向望去。又有一块石头落下，打落了孔塞伊手中的一条山鸠腿儿。我们全都警惕地站了起来，拿起枪，准备回应这次突然袭击。孔塞伊推测说一定是野蛮人来了。果然，正当我们逐步向小艇撤退的时候，二十多个手执弓箭和投石器的土人，在与我们相隔不足 100 步的右边的丛林的边缘处冒了出来。此刻，我们的小艇正停靠在距我们大约 60 英尺远的海边。土人慢慢向我们逼近，内德·兰德以相当快的速度把食物都收了起来。两分钟之后，我们来到了水边，迅速地把食物和武器都装入小艇里，然后将小艇推入海的深处，安上两只木桨拼命地划起来。一百多个土人在后面大喊大叫，不停地挥舞手臂，一直追到齐腰深的水中。

20分钟后，我们终于回到了"鹦鹉螺"号。当我走进客厅的时候，看见尼摩船长正俯身看着他的大风琴，一副极其陶醉的样子。我好不容易才把他的注意力引到我的身上，然后有些惊慌地告诉他，船的外面跟来了许多野蛮人。

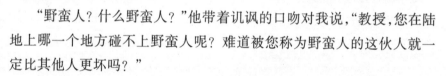

"野蛮人？什么野蛮人？"他带着讥讽的口吻对我说，"教授，您在陆地上哪一个地方碰不上野蛮人呢？难道被您称为野蛮人的这伙人就一定比其他人更坏吗？"

我现在无心与他辩解，一个人在平台上呆呆地站了几个小时后，便回房睡觉了。

翌日清晨6点，我又走上了平台。土人们仍然守在岸上，人数增加到了五六百人。他们身材高大，体格健壮，披着红颜色的头发，光着身子，带着弓箭和盾牌，肩上扛着网状的口袋，里面装着圆石块。其中一个头领模样的人走近"鹦鹉螺"号，很仔细地观察着这艘船。这样的距离，我可以很容易地击中他，但我不想在他还没有做出带有明显敌意的动作之前贸然出手。整个低潮期，这些土人一直在"鹦鹉螺"号周围走来走去，但没有惹一点麻烦。

第二天我们无法再乘小艇去岛上打猎了，内德·兰德只好在船上摆弄那些他从岛上带回来的食品。至于那些土人，在上午11点左右，当册瑚礁石被上涨的潮水淹没时，就都退回到岸上去了。然而，我却看到他们的人在海滩上聚集得越来越多。我在平台上无聊地走来走去，因为没有更好的事可做，便和孔塞伊拿着一个小拖网在水里随意地打捞。孔塞伊说，"那些野蛮人看起来似乎并不十分凶恶，就算他们吃人，也是吃人肉的诚实人。"我虽然同意他的说法，但仍告诫他要小心防范。我们一直在水里打捞了两个多小时，但没任何有价值的收获。然而无意之中，我却找到了一件罕见的珍品。在一次捞上来的各种贝类中，我捡出一个奇特的贝壳，同时发出了一声只有贝类学家在有重大发现时才有的那种巨大的尖叫声。说句实在话，就是要我拿一根手指头来换我手中的这个贝壳，我也会毫不犹豫的。

孔塞伊对我的表现感到十分惊讶，在他看来这并不是什么了不起的宝贝。但这的确是一个万分难得的宝贝！尽管它看上去不过是一个普通的斑红橄榄贝而已，然而，它的贝纹却是从左往右旋过去的！这简直太让人激动了！因为众所周知，由右向左似乎是自然界的规律之一，比如天体的运动，人类对右手的普遍使用等等。贝类身上的螺旋纹，也基本符合这种规律。若是偶尔有左旋的贝纹，那就将是稀世珍品，那些贝类爱好者一定会不惜重金予以收购的。此时此刻，这样的一个稀世珍品就握在我的手中，我怎么能不为之兴奋呢？然而，就在我和孔塞伊完全陶醉之际，一块石子从天而降，将我手中这个要命的宝贝打碎了！

　　我即刻发出一声绝望的呼喊！孔塞伊则迅速地操起枪，在我还没来得及阻止他以前，他就已经瞄准那个投石子的土人，把子弹发了出去，结果把那个土人胳膊上的护身镯子打碎了。情况看起来相当不妙，二十多只独木舟把"鹦鹉螺"号团团围住了。看到这些身手矫健的土人们一步步紧逼过来，我的心中不由得害怕起来。我们的电气枪虽然有致命的杀伤力，但对这些土人来说却没有什么威慑力，因为它没有普通枪支发射子弹时那"砰砰"的声音。土人害怕的是震耳欲聋的炮声，是那种能给他们的心里造成极端恐惧的武器。眼看着土人们越来越近了，他们发射出的阵阵箭雨就像冰雹一样落在船身上。我感到事态严重了，就从嵌板进入到客厅，准备向尼摩船长报告情况。

　　客厅里没有人，我就径直去敲船长室的门。我听到一声"请进"后，就推门进去了。船长正在专心致志地进行一些代数计算，显然我的到来打扰了他。我忧心忡忡地向他诉说了船外的紧急情况。他轻描淡写地说，让人把嵌板放下来就行了。他随即按下一个电钮，把命令传了下去，然后叫我不要再担忧了。我又向他提出，土人已经占领了船的平台，这将使我们明天早晨无法换气。尼摩船长似乎有些不耐烦了，他不以为意地说，那就让土人上来好了，而且，他也不愿意牺牲哪怕只是一个新几内亚穷苦人的性命。说完这话，他还向我打听了我们登陆和游岛的情形。可能由于转换了话题，他露出了一副平易近人的样子。我们谈到了"鹦鹉螺"号目前的处境，我说"鹦鹉螺"号虽然近于完美，但现在它却和

那些旧式的大船一样搁浅了。

"搁浅？'鹦鹉螺'号并没有搁浅，教授。"尼摩船长冷冷地对我说，"它只是暂时歇息在海床上，一点危险也不会有。明天，我将告诉你一个准确的时间，明天下午2点40分，潮水将把它平稳地托起，而且它将毫发无伤地离开托雷斯海峡，然后一如既往地穿行在海洋中。"我还想表示一些怀疑，但话没说完就被打断了。

我知趣地回到了自己的房中。孔塞伊来向我打听和尼摩船长会谈的结果，我便告诉他只须相信尼摩船长就可以了。孔塞伊走后，我独自一个人待在房中久久无法入睡。我听到土人在平台上使劲地跺脚，还发出震耳的叫喊声。整整一夜就这样过去了，"鹦鹉螺"号船上的人员对他们的行为根本不加以理会。

第二天起床后，我在房间里一直待到中午。船上的人员也没有一个像是要作开船准备的样子。2点30分的时候，我到了客厅。10分钟内，海潮将达到它的最高点。如果尼摩船长的预测准确的话，"鹦鹉螺"号马上就要起航了。很快地，我感觉到船身有即将起航时的那种轻微颤动。2点35分，尼摩船长来到客厅，告诉我说船就要起航了，我激动得大叫了

一声。尼摩船长已经下令打开嵌板，我忧虑地问他如果那些土人从嵌板钻进来怎么办。他却镇定地告诉我说就算嵌板开着，也不是什么人都可以进来的。随后，他就邀我去看是怎么回事。我跟着他向船中央的铁梯走去，内德·兰德和孔塞伊已经在那里了，船上的几个人员正在把嵌板打开，同时听到外面传来狂暴的咒骂和叫喊声。

嵌板朝外面打开了，20张令人恐惧的面孔出现在开口处。但是，第一个把手放到铁梯上的土人立即被一种不可见的强大的力量弹了回去，在一阵惊呼狂叫中飞速跑开了。他身后的十多个同伴也跟着得到了同样的结果。见此情景，孔塞伊乐坏了。但性情急躁的内德·兰德似乎不相信会有这种怪事，他竟然也冲向铁梯。就在他两手触上扶手的时候，一种强大的力量猛然将他击倒了。内德·兰德大叫有鬼，说他被雷击了。这样一来，我们才明白了其中的奥妙。原来，尼摩船长给铁梯通上了电，触到它的人，就将受到可怕的电击。不幸的内德·兰德还在那里破口大骂，我们在一边笑着安慰他，一边用手给他按摩。而那些新几内亚人，早就吓破了胆，纷纷落慌而逃了。恰恰就在这个时候，时针指向2点40分。尼摩船长的预言实现了，"鹦鹉螺"号在海浪的推动下离开了它的珊瑚礁床。很快，它便以罕见的高速航行在海上，将危险的托雷斯海峡远远地抛在了后面。

导语

　　"鹦鹉螺"号的一个船员受了重伤。但阿罗纳克斯教授也无法挽救那个船员的生命，而冷静的尼摩船长流下了伤心的眼泪。看来船长并不像我们以前想象的那样冷漠。

珊瑚王国

　　当我从睡眠中醒来的时候，已经是第二天了。我吃惊地发现我竟然回到了自己的房间。那内德·兰德和孔塞伊一定也回到他们的房间了。或许他们和我一样，对夜间发生的事一无所知。看来要想揭开其中的秘密，恐怕只有借助于将来某一天的机缘巧合了。但不管怎样，毕竟我们现在已经恢复了自由。我走出房间，发现嵌板正开着，于是就顺着梯子爬上了平台。内德·兰德和孔塞伊已经在那里等着我了。至于"鹦鹉螺"号，它似乎还和往日一样，

依然那么平稳而且充满神秘,此刻它正以中等速度航行在海面上,船上好像从来也没有发生过什么变化。

在换过新鲜空气之后,"鹦鹉螺"号开始潜入大约 15 米深的水下航行,这样它可以很迅速地浮到海面上来。事实上,在 1 月 19 日这天,它已经如此反复地做了好几次。尼摩船长并没有到平台上来。下午 2 点左右,我正在客厅里整理笔记的时候,他走了进来。相互致礼之后,他没有再说话。他看上去很疲乏,而且神色十分忧虑。他在客厅里走来走去,心情似乎无法平静下来。过了好一阵,他终于开口问我:

"阿罗纳克斯先生,您是医生吗?"

我完全没有想到他会提出这样一个问题,不禁迟疑了一下,没有马上回答他。当他再次询问时,我肯定地作了答复。因为我在巴黎自然科学博物馆工作之前,曾经有过几年行医的经历。尼摩船长接着告诉我,有一个船员病了,要我去看一看。我承认我当时的心跳都加速了。不知为什么,我总觉得这个船员的疾病应该和昨天发生的事有一些关联。我怀着这种想法,跟随尼摩船长来到了船的后部,走进了一间水手居住的船舱。在船舱中间的床上,躺着一个40来岁、外貌刚毅的男子,属于那种典型的盎格鲁——萨克逊人。我弯下身去看他,他并非生了病,而是受了伤,头上缠着血淋淋的纱布。我解开他的纱布,发现他的头盖骨已经破碎了,应该是某种猛烈的撞击导致的。他的脉搏也很微弱,时有时无,身体各个部位已经开始逐渐冰冷。我看出这个不幸的人已经没法医治了,便重新给他包上了纱布。

我转身看着尼摩船长,他着急地问我船员的伤情究竟怎么样。我告诉他这个人在两小时之内必定会死亡,没有什么办法可以挽救了。说完这话,我看见他颤抖地攥紧拳头,眼里闪烁着泪光。他的这副表情着实让我有些吃惊,因为我没有想到这样一个人居然还会有眼泪。我再看看那个垂死的船员,他的生命正在一点一点地离他而去。在明亮的电光的照耀下,他的脸色也显得越来越苍白。

我多么希望他能在最后关头吐出几个字,让我了解一些关于他的秘密!但就在这个时候,船长对我说我可以离开了。我回到自己的房中,脑海中不时浮现出刚才的情景,心中久久难以平静。这一整天,我都心神不宁,连晚上睡觉也不时被噩梦惊醒。

第二天一大早,我就登上了平台,发现尼摩船长已经在那里了。他对那个受伤的船员的事只字未提,却问我是否愿意去海底散步。这当然是我所乐意做的事。我问他是否可以带上我的两个同伴,他也爽快地答应了。8点半,我们穿好潜水衣,带上探照灯和呼吸器,与尼摩船长以及他的十来个船员一起出发了。通过一段斜坡路后,我们来到了大约十五法里深的水下。这一次来到的海底,既没有细沙,也没有森林,但我却立即认出我们所在之处是一个更为神奇的地方——珊瑚王国!珊瑚其实就是一群聚集在易碎的石质珊瑚骨上的微小动物的总称。这些聚集在一起的珊瑚虫各自有自己的生命,同时又有它们共同的生命。对我这样一个一直关注珊瑚虫研究进展的生物学家来说,还有什么能比参观一座大自然在海底所造就的石质森林更为有趣的呢?

我们打开探照灯,沿着正在形成中的珊瑚层向前走。道路两旁是错综复杂的珊瑚树丛,枝权上缀满了像星星一样闪烁的小白花。灯光在色彩斑斓的枝叶间扫来扫去,产生了一种变幻无穷的迷人效果。有时,我会忍不住把手伸向那些带有纤维触须的新鲜花瓣。然而刚一挨近它们,它们就像含羞草一样缩回去了,在我眼前的珊瑚树丛瞬间就转变为一大团圆石丘。我感谢命运赐予我这个机会,把如此珍贵的珊瑚品种呈现在我的面前。我在其中发现了极其美丽昂贵的玫瑰珊瑚。这个品种无论在生物学还是在商业上都具有很高的价值。我们继续行进,越往前走,珊瑚树丛连接得越紧密。

大约两个钟头以后,我们终于来到了三百米左右深的水底,也就是珊瑚开始形成的最后边界。这里不再是孤立的灌木或低树丛,而是一座广无边际的森林!那些高大树木的树枝一直朝上伸入幽暗的海水中。我们在森林里自由自在地行走,脚下是管状珊瑚、石竹形珊瑚、脑形贝、星状贝等海底动物铺成的地毯,五光十色,鲜艳夺目,我实在是难以找到什么字眼儿来形容它的美丽和壮观!我渴望着能和我的同行者们互相交流心中的感想,然而这封闭的圆形头盔却使这一愿望成了泡影。我甚至希望自己能变成那些水中的鱼,那样就可以长期而随意地生活在这色彩斑斓的水下,那该有多好啊!正在这时,尼摩船长停下来了。我回过头来,看见船员们呈半圆形围绕着他们的船长，其中4人的肩上还扛着一件长方形的东西。

我们正站在一块宽大的空地中心，周围是海底森林的高大树木。探照灯射出半明半暗的光线，把海底地面上的阴影拉得很长。内德·兰德、孔塞伊和我站在一起，我们都聚精会神地注视着这个突然出现的离奇场面。我观察到地面上有好几处隆起的地方，在一块似乎刚垒起的石基上，竖着一个用珊瑚制成的十字架。一个船员在尼摩船长的指示下，开始在距离十字架几步远的地方用铁锹挖坑。我一下子全明白了！这里是一块墓地，是一块海底公墓，尼摩船长和他的船员们要在这里安葬他们昨天失去的那位同伴！墓穴一点点地扩大，直到可以容纳一具尸体。他们把裹着白色麻布的尸体轻轻地放入墓穴中。尼摩船长、船员、我和我的两个同伴，都虔诚地跪下来，向死者鞠躬致礼。尸体埋好以后，大家又依次走到墓前，屈膝、伸手，向死者作最后的告别。然后，我们这支送葬的队伍又顺着原路返回了"鹦鹉螺"号。我的心里一直很压抑，一换好衣服就上了平台，然后在探照灯旁坐了下来。尼摩船长走到我的面前，我站起来和他谈起了那个死去的船员。我说那个勇敢的船员长眠在他的同伴身边，一定会很安心的，至少以后不会再受到鲨鱼的欺负。这句话似乎使尼摩船长受到了很大的触动，他用严肃而激动的声音回答我：

"是的，先生，永远不受鲨鱼和人的伤害！"

导语

　　"鹦鹉螺"号到达了地球上最富饶的岛屿——锡兰岛,这里盛产珍珠,那么尼摩船长又有了什么新主张呢?让我们一起去看看吧!

尼摩船长的新主张

　　1月28日正午时分,当"鹦鹉螺"号在北纬9度4分处浮上海面的时候,我们望见了西边8海里远处的一块陆地。我回到客厅里,在地图上根据测定的经纬度进行查找,最后确定它就是锡兰岛——印度半岛上的一颗耀眼的明珠。

　　我又进一步查阅了图书室的有关书籍,我在图书室找到了有关这个被称为地球上土地最肥活的岛屿的资料,是一本由H·G希尔先生编写的,名为《锡兰和锡兰人》的书。我一回到客厅,就记下了锡兰的方位。历史上,这个岛屿一直是人们所偏爱的对象,并取了

许多各自喜欢的名称。它的地理位置在北纬55度5分和9度49分，东经79度和82度4分之间。岛长275英里，最宽处150英里，周长约850英里，面积24448平方英里，也就是说，它只比爱尔兰小一点。这时候，尼摩船长和他的副手也到客厅里来了。尼摩船长看了一眼地图，然后告诉我锡兰岛是以采集珍珠而闻名的地方，并突然征询我是否愿意到采珠场去参观一下。这对于我来说当然是求之不得的事！我立即应承下来。不过尼摩船长又告诉我，现在还不是采珠的季节，即使去了也是见不到采珠人的。他随即吩咐将船开向马纳尔湾，说夜间就可以到达。

我又从尼摩船长的口中了解到了一些关于采珠的重要情况。在所有的采珠场中，锡兰岛是最为优良的采珠地。每年3月，采珠人的300只船一齐聚到马纳尔湾，进行为期整整30天的采珠作业。但这些采珠人的采珠方法都十分原始，是用两只脚夹着一块大石头，在腰间用一根长绳与船相系，然后下至40英尺深的水下去采珠。这些人在水下最多只能待上几十秒，他们必须在这短短的时间内，迅速地把采得的珠贝塞进一个小网中。他们回到船上以后，还会出现鼻孔和耳朵流血的症状。一般说来，这些采珠人的寿命都不长，他们不仅视力很早就会衰退，而且身体也有许多创伤，有的人甚至在水下就中风了。他们都是一些穷人，为了生存，不得不从事这样一份随时都有生命危险的职业。他们得到的报酬极其微薄，采到一个有珍珠的贝壳只能得到一分钱，而他们采到的贝里却多数是没有珍珠的！在巴拿马，采珠人每周赚不到 1 美元，连基本生活都满足不了。

我为这些采珠人的命运深感不平，禁不住狠狠地谴责那些在他们身上牟取暴利的东家。尼摩船长让我平息情绪，让我叫上我的同伴和他一起去参观马纳尔的礁石岩脉，说或许那里会有早来的采珠人。临出客厅前，他又问我是否怕鲨鱼。他看出我对这个问题有些迟疑，便安慰我说，我们终究会习惯和鲨鱼打交道的，而且这次我们是带着武器去的，说不定还会猎得一条鲨鱼，那就将是一次相当有趣味的打猎了。听了他的话，我的头脑中立即就联想起可怕的鲨鱼来，我仿佛感到那一排排的尖利牙齿已经咬在了我的腰上，并让我有些隐隐作痛。

我拿起书来读，但字里行间看见的仿佛尽是鲨鱼那可怕的尖牙。这时，孔塞伊和内德·兰德进来了，看上去十分快活的样子。原来，尼摩船长已经把要去采珠场的事告诉他们了。但从他们的谈话来看，尼摩船长没有把鲨鱼的事告诉他们，因而他们只感到这是一件既新奇又好玩的事儿。孔塞伊让我给他们讲一些关于采珠的事情，内德·兰德也认为在实地观看以前了解到的一些知识很有好处。我便把一本书里关于珍珠的知识讲给他们听。在讲述的过程中，我竟把一个小纹贝里可能含有 150 颗珍珠说成是 150 条鲨鱼了。这险些引起内德·兰德的注意和追问，幸亏我把话题岔过去了。但讲到最后，当孔塞伊问我采珠是否有什么危险的时候，我看见内德·兰德那副满不在乎的样子，便也像尼摩船长一样轻描淡写地问内德·兰德是否害怕鲨鱼。他当即不屑地反问我："你难道不知道捕捉鲨鱼正是我的本行吗？"

至于忠实的孔塞伊，他的回答真让人感动：

"如果先生要去面对鲨鱼，他忠实的仆人又有什么理由不跟着一起去呢？"

导语

　　阿罗纳克斯教授他们又穿上潜水衣下水了,这次他们是去参观海下采珠场,在水中他们遇到了可怕的鲨鱼,他们会有生命危险吗? 鱼叉手又会有什么样的表现呢?

一颗价值千万法郎的珍珠

　　夜幕降临后,我很快睡了,但梦中全是那可怕的鲨鱼,使我没有片刻的安宁。第二天凌晨 4 点,尼摩船长特意派人把我叫醒。我立即起床,穿好衣服来到了客厅,尼摩船长已经坐在客厅里等我了。

　　他看上去已经等了好一会儿了。他说:"阿罗纳克斯先生,您准备好了吗?"

　　"当然。"

　　"那么请跟我来吧。"

　　"船长,我的同伴呢?"

"已经通知过了，正等着我们呢。"

尼摩船长还告诉我不用马上穿潜水衣，可以等小艇把我们载到下水地点以后再穿。我们从中央楼梯上到平台，内德·兰德和孔塞伊早在那儿等待了，他们还是一副兴高采烈的样子。我看见小艇紧靠着大船系着，5个水手拿着桨在上面等着我们。天色还有些黑蒙蒙的，片片乌云遮住了天空，只露出几点微微的星光。现在，"鹦鹉螺"号已经到了马纳尔海湾的西边。这里的深水底

下，有绵延约20海里的小纹贝礁石岩脉，是取之不尽的采珠场。我们几个人上到小艇，由一个水手掌舵，其余4人扶好桨。绳索解开后，我们就离开大船出发了。

小艇飞速向南驶去，水手们像海军士兵那样每10秒钟划一下桨，当桨扬至空中时，水珠落在水面上"啪啪"作响。一路上，我们全都默不作声。5点半左右，初露的曙光照出了海岸的轮廓。6点，天忽然就亮了，太阳光穿透东方天际的云幕，一轮红日冉冉升起。陆地上的景象更清晰了，可以看见稀疏的树木散布在各处。小艇继续向马纳尔岛前进，岛的南端渐渐显现。尼摩船长站起身来，看了看海，吩咐把锚抛下去。此处的水并不很深，这是一条小纹贝礁石岩脉突起的最高峰。采珠场到了，尼摩船长让大家穿好潜水衣，准备下水游览。我没有说话，当小艇中的水手为我穿上潜水衣的时候，我的眼睛一直望着可疑的水面，仿佛看见鲨鱼的眼睛在盯着我。尼摩船长和我的两个同伴都穿好了，准备下水的只有我们4个人，艇上的水手一个也不陪着我们去。

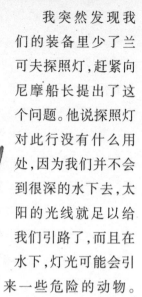

我突然发现我们的装备里少了兰可夫探照灯，赶紧向尼摩船长提出了这个问题。他说探照灯对此行没有什么用处，因为我们并不会到很深的水下去，太阳的光线就足以给我们引路了，而且在水下，灯光可能会引来一些危险的动物。我又向尼摩船长提出我们为什么没有带上枪支，他则说枪支也没什么用，有挂在腰间的短刀就可以了。我注意看我的两个同伴，他们果然都拿着一把短刀，而内德·兰德还挥舞着他特意带上的鱼叉。一切都准备好了，小艇上的水手把我们一个一个扶入水中。

我发现我们正踩在平坦的沙地上，水深大约只有 1.5 米。我们跟在尼摩船长的后面，沿着一段缓坡往下走，很快就没到水底下去了。奇怪的是，我的恐惧感一到水底下就消失得无影无踪，心里变得十分平静。

太阳光将水底照得清清楚楚。走了大约 10 分钟，我们来到了 5 米深的水下，脚下非常平坦。一路上，各种新奇的鱼类像鸟儿一样在我们身边穿梭而过。随着太阳慢慢地升向高空，水下也变得越来越明亮了。地势在渐渐地变化，细沙路不见了，取而代之的是突起的岩石路，上面覆盖着一层由软体动物和植虫动物铺成的地毯。7 点左右，我们终于到达了繁殖着亿万珍珠贝的小纹贝礁石岩脉上。这些珍贵的软体动物，被棕色的纤维紧紧地缚在岩石上，丝毫也动弹不得。尼摩船长指给我看一大堆小纹贝，这让我意识到它们是取之不尽的，大自然的创造力远远胜过了人类的破坏力。

我们继续往前走。水底的地面明显升高了，我有时把胳膊举起来，就可以伸到水面上去了。接着它又更深地低下去。我们时常需要绕过像金字塔一样的高大的岩石。在这些岩石的凹凸不平的表面上，有很大的甲壳动物栖息在它们架起来的腿上，一动不动，就像一门门大炮。在我们的脚下，则爬满了卷须伸展的各种鱼类。我们正走着，一个宽大的石洞突然呈现在我们眼前。洞里很黑，阳光的光线在这里已经十分微弱。尼摩船长率先进入洞中，我们也随后跟了进去。我的眼睛渐渐适应了黑暗，可以分辨出那些基于花岗石上、支撑着奇特拱顶的天然石柱。我心里很纳闷，尼摩船长把我们引到这黑暗的洞穴中来做什么呢？但很快我就明白了。

走过一段相当陡峭的斜坡后，我们来到了一块形如圆坑的地面上。尼摩船长停下来，把一样我们还没注意到的东西指给我们看——那是一个大得惊人的珍珠贝！它足足有 7 英尺长，比"鹦鹉螺"号客厅里放着的那只贝还要大！我估计它的重量肯定在 300 千克左右！尼摩船长走上前去，将一把短刀插入这只软体动物半张开的双壳中，然后用手揭开壳边挂着的膜皮。在膜皮叶状的皱褶间，我看见了一颗像椰子那么大的透明的珍珠！我忍不住伸出手想去摸一摸这稀有的珍宝，但尼摩船长很快便抽出他的短刀，让两片壳合起来了。

于是我明白了尼摩船长的意图——他把这颗珍珠放在这只巨型贝的衣膜里，让它长到他想要的那么大。每年，这个软体动物都会给它增添新的一层。只有尼摩船长知道这颗天然"果实"在不断"成熟"，或者可以说，是他独自把这颗珍珠培养起来，以便有一天可以采珠，陈列在他那争奇斗艳的博物馆中。我估计它的价值至少要 1000 万法郎。见识完这个奇观，我们离开了石洞，走到了小纹贝礁石岩脉上。这里的水还十分清澈，显然还没有被采珠人的工作搅浑。我们就像一群无所事事的人那样在水里自由地徜徉，一会儿感到水很浅，一会儿又觉得水很深。大约 10 分钟后，尼摩船长突然停住了。他示意我们都到他的身边蹲下，然后用手指着水中的一处让我们观察。

离我们大约 5 米远的地方，一个黑影迅速地下沉到水中。我渐渐地看清，那是一个人，一个印度黑人，一个抢在采珠期到来之前赶来采珠的采珠人！他的船就在他头上几英尺的水面上，他正以那种我们讲到过的原始方法在采珠。一旦下到约 5 米深的水底，他就立即跪下来，把顺手拿到的小纹贝塞入他的口袋中，然后上去倒尽口袋，又下水采珠。

如此反反复复，每次上下不会超过 30 秒。这个采珠人并没有发现我们，因为我们躲在一块岩石的阴影中。我们聚精会神地观察着他，看见他的工作虽然艰苦，但是还算是在顺利地进行着。这样一直过去了大约半个小时。忽然间，他在水底做了一个惊骇的手势，使劲往上一纵，想要浮出水面。一个巨大的黑影出现在他的头顶——那危险的动物终于

来了！它张大嘴巴，朝他迎面冲了过来。印度人一闪，躲开了鲨鱼的嘴，但却被它的尾巴扫翻在水底。

这一切不过是几秒钟之间的事。当鲨鱼再次转过身来要把这个印度人咬成两半的时候，蹲在我身边的尼摩船长突然一跃而起，手执短刀向鲨鱼扑了过去。鲨鱼的注意力立刻转移，翻过肚腹朝尼摩船长猛

冲过来。只见尼摩船长敏捷地弯下身子,迅速跳在一边,同时把短刀刺入了冲过来的鲨鱼的腹中。鲜血像水流一样从鲨鱼的伤口处喷出,一下子把海水染红了,片刻之间什么也看不见了。等到水中再度清亮起来的时候,我看见勇敢的尼摩船长正抓住鲨鱼的一只鳍在和它进行着殊死搏斗!他用短刀猛刺鲨鱼的肚腹,但始终未能刺中要害。鲨鱼疯狂地挣扎,终于用巨大的身躯把尼摩船长摔倒在水底,然后张开可怕的大嘴向他冲了过去!就在这千钧一发之际,内德·兰德以迅雷不及掩耳之势投出了他那可怕的鱼叉,一叉刺中了鲨鱼的心脏!那可怕的东西作了最后一番挣扎,还反冲过来把孔塞伊掀倒了。

船长并没有受伤。他站起身后,立即把印度人抱出了水面。我们3人跟随着他,一起来到了采珠人的小船上。在孔塞伊和尼摩船长的按摩下,不幸的采珠人渐渐恢复了知觉。他睁开眼睛,看见4个圆圆的铜脑袋围着他,脸上露出了极其惊异的神色。尼摩船长看他醒了,就从衣服口袋中取出一个珍珠囊放到他的手中,他用发抖的手接了过去。之后,我们便又回到了小纹贝的礁石岩脉间。我们沿着原路往回走,大约半个小时后回到了我们的小艇上。脱下沉重的头盔,尼摩船长第一句话就是向内德·兰德表示了感谢,而内德·兰德则说这不过是回报他而已。尼摩船长的嘴角边露出了一丝淡淡的微笑,然后就没有再说什么话了。

小艇在水面上飞驰。几分钟后,我们在海面上碰到了那条鲨鱼的尸体。我认出那是印度洋中最可怕的黑鲨鱼。这时我不禁有些后怕,它的嘴占其全身的三分之一,从它呈等腰三角形的6排牙齿可以断定它已经成年。正当我注视着这具尸体时,不知从什么地方突然冲出10多条鲨鱼,疯狂地抢食它们的同类。8点半,我们回到了"鹦鹉螺"号。在船上,我由衷地向尼摩船长称赞了他的勇敢和对人类的同情心。他听了之后,用一种我从未听过的因激动而有些颤抖的声音对我说:

"教授,这个印度人生活在这个被压迫的国度里,而我到死都属于这个国度!"

导语

　　"鹦鹉螺"号来到了欧洲,内德·兰德又产生了逃走的想法,他能抓住机会逃出这个海底"监狱"吗?"鹦鹉螺"号在希腊又会有什么奇遇呢?

希腊群岛

　　进入地中海,也就意味着进入了欧洲,内德·兰德那个一直放不下的念头自然也就冒了出来。回避问题也不是办法,我只好决定听一听他的意见。我们三人在探照灯附近坐了下来,开始商谈逃脱之事。

　　第二天晚上,我和尼摩船长单独待在客厅里。

　　尼摩船长将客厅左边窗户旁的一个橱柜打开,里边有一个包着铁皮的箱子。他似乎并不介意在我面前打开箱子。我看见箱子里放着许多条形的东西。天哪!那是金条!我看见他把一根根的金条取出,又很整齐地放到箱子里去。我大致估算了一下,它的价值大约是500万法郎。全部放好后,尼摩船长紧紧地关上了箱子,并在箱盖上写了地址,看起来好像是近代希腊文。写完后，尼摩船长立即按下一个电钮，招进来4个船员。他们费了很大的力气才把箱子推出客厅。

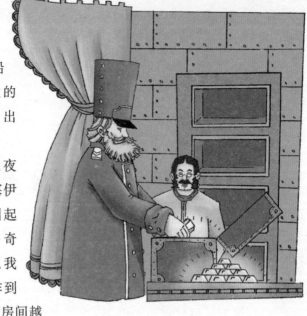

第二天，我把夜间的事告诉了孔塞伊和内德·兰德，这引起了他们极大的好奇心。这一天午饭后，我在客厅里一直工作到下午5点钟。我感到房间越来越热，最后不得不把身上的贝足丝衣服脱下来。然而温度还在继续上升，简直快让人无法忍受了。正在这时，尼摩船长走了进来。我赶忙向他询问这是怎么回事，他告诉我说："教授，我们现在正在滚烫的沸水中行驶呢。"

尼摩船长告诉我："这里是桑多林岛附近，在这儿还有一些新的岛屿正处于形成之中，我们这会儿所看见的是海底喷火的奇观。"这简直太让人吃惊了！热浪一阵阵地传来，我感觉自己快要被煮熟了！

此时，船长立刻发出命令，"鹦鹉螺"号立即转过身来，快速离开了这危险的熔炉。一刻钟以后，我们又在海面上自由地呼吸了。2月16日，"鹦鹉螺"号驶过塞里可海面，绕过马达邦角，把希腊群岛远远地抛在了后面。

导语

从希腊水域到达直布罗陀海峡，"鹦鹉螺"号仅用了48个小时，内德·兰德的逃跑计划又泡汤了。那教授他们接下来会做什么呢？

地中海里 48 小时

地中海这片美丽的海域，是所有海中最蓝的。遗憾的是，对于如此富有传奇性的海洋，我却只能飞快地瞥上一眼。"鹦鹉螺"号在海底大约行驶了1300海里，仅仅用了48个小时。我们离开希腊水域的时间是2月16日早晨，当18号的太阳从东边升起的时候，我们已经通过了直布罗陀海峡。

以这么短的时间穿越地中海，对尼摩船长

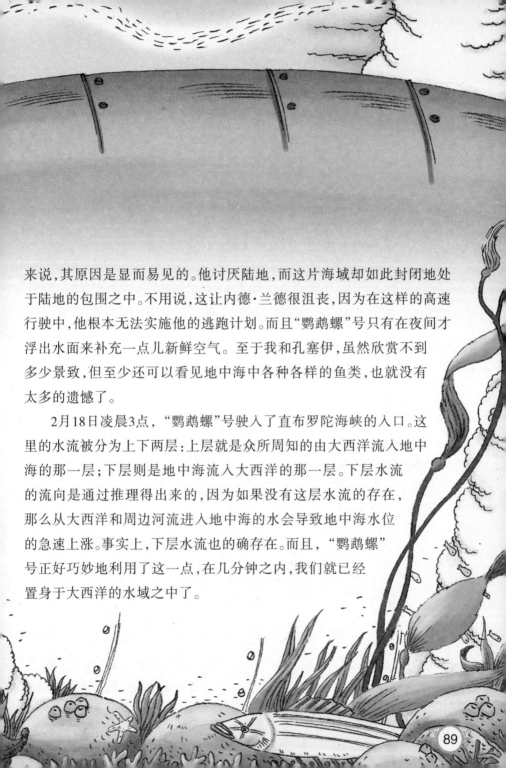

来说,其原因是显而易见的。他讨厌陆地,而这片海域却如此封闭地处于陆地的包围之中。不用说,这让内德·兰德很沮丧,因为在这样的高速行驶中,他根本无法实施他的逃跑计划。而且"鹦鹉螺"号只有在夜间才浮出水面来补充一点儿新鲜空气。至于我和孔塞伊,虽然欣赏不到多少景致,但至少还可以看见地中海中各种各样的鱼类,也就没有太多的遗憾了。

2月18日凌晨3点,"鹦鹉螺"号驶入了直布罗陀海峡的入口。这里的水流被分为上下两层:上层就是众所周知的由大西洋流入地中海的那一层;下层则是地中海流入大西洋的那一层。下层水流的流向是通过推理得出来的,因为如果没有这层水流的存在,那么从大西洋和周边河流进入地中海的水会导致地中海水位的急速上涨。事实上,下层水流也的确存在。而且,"鹦鹉螺"号正好巧妙地利用了这一点,在几分钟之内,我们就已经置身于大西洋的水域之中了。

导语

尼摩船长曾将一箱金条送给了别人,他每天都生活在海底,为什么会有这么多钱呢? 他的钱都是从哪里来的,看下去你就知道答案了。

维哥湾

广阔的大西洋面积约有2500万平方海里,"鹦鹉螺"号在如此广阔的水域里,又浮到海面上行驶了。

内德·兰德似乎心事重重,跟随我一起到了我的舱房。门关上后,他迫不及待地说道:"我们一致约定要等待一个机会。今天机会来了,我们现在距离葡萄牙海岸只有几海里。这正是我们动手的好时机。"

见我不做声,鱼叉手便对我说:"今晚9点,我已经通知孔塞伊了,那时候船上的人都已经睡着了。您留在图书室中等我的信号。桨、桅杆和帆都在小艇里了。教授,就这样说定了,到时候见。"

说完话他就走出去了，让我一个人不知所措地待在房中。此时，我心乱如麻。

船上死一般寂静，只听得见推进器的震动声。还有几分钟就要到9点了，我走出房间，回到客厅中。客厅里的灯光半明半暗，不过没有人。我打开和图书室相通的门，走到挨近门的地方站好，等待着内德·兰德的信号。忽然，我感觉到一下轻微的冲撞——"鹦鹉螺"号停在大洋底了！我心中

不免感到一阵惊慌。正在这时，客厅的门打开了，尼摩船长走了进来。他用亲热的语气招呼我说："啊，教授！我正找您呢。您知道西班牙的历史吗？"

"知道得很少。"我勉强回答了他。

"那么让我给您讲一段关于这个国家的秘密历史吧。"

讲了一会儿，他又说："阿罗纳克斯先生，我们现在就处在维哥湾中，如果您有兴趣的话，我可以带您见识一下有关这一历史事件的秘密。"

他站起身来，示意我跟着他走。客厅里一片黑暗，透过明亮的玻璃，我看到了激动人心的一幕———一些穿着潜水衣的"鹦鹉螺"号船员，正在黑沉沉的船只残骸中清理那些半腐烂的木桶，海底细沙上铺满了从这些木桶中散落出来的金银珠宝。我终于明白了，这里就是1702年10月22日英法舰队的战场，那些沉没的金银珠宝在100多年后找到了它唯一的继承人——尼摩船长！

"教授，您现在明白我是怎样成为一个亿万富翁的了吧?"他微笑着问我。

"我明白了，船长。"我对他说，"但您只不过是比一个竞争对手先到一步罢了。"

"什么对手?"

"一个经西班牙政府特许的来打捞这些财宝的运输船舶公司。但我感到惋惜的是千千万万受苦受难的人，他们也一样丧失了平分这些财富的希望!"

"他们怎么会就此丧失了希望呢?难道您以为我收集这么多财物是为我一个人吗?"

他突然停住不说了，但这已经足够了。我已经知道，无论他是为了什么目的，或者有怎样的苦衷，他都是一个会为苦难中的人忧伤，并尽力去帮助和解救他们的人。我似乎一下子明白了，当"鹦鹉螺"号经过爆发起义的克里特岛附近时，尼摩船长派人送出去的价值数百万法郎的黄金是给谁的了。

导语

在深邃的大西洋海底，有一块传说中的陆地展现在我们的面前，它就是沉没的大西洋洲。让我们随他们去看看这块神秘的海底陆地，看看那里都有些什么吧！

沉没的陆地

第二天，2月19日一大早，内德·兰德就闷闷不乐地来到我的房中，不停地抱怨说，那个古怪的船长破坏了他的计划。晚上11点左右，令我意外的是，尼摩船长来看我，问我是否愿意和他去进行一次夜间的海底旅行，我当然十分愿意。

临近半夜，我们下到大西洋深黑的海水中。我和尼摩船长彼此靠得很近，他指给我看距"鹦鹉螺"号两海里远的一大团淡红色的微光。我们向着那光的方向一直走去。

指引我们的红色微光渐渐增强，甚至照亮了整个海底。使我几乎惊奇到极点的是，光源竟然在海下。前面的

道路越来越亮了,强烈的光芒是从一座约800英尺高的山顶照射下来的。凌晨一点左右,我们到了这座山的山脚下。

又走了一会儿,我们来到了一处高地,那里有其他新奇的事物在等待着我们。我依稀分辨出像图画一样的废墟,它们显然是出自人工而绝非天然造化的。在一堆堆的石头中,一些堡邸和庙宇显现出模糊的轮廓,上面蒙着一层厚厚的海底植物外套。

几分钟之后,我们终于登上了高高的峰顶。我向一直背着我们的那座山望去,才发现这是一座火山。

我再向我们来时经过的那座山望去,可以更清晰、更完整地看出那是一座被破坏了的城市。这时候,尼摩船长走过来,然后他拿起一小块铅石,走向一块黑色玄武岩,在那上面仅仅写下一个单词:大西洋洲。

突然间一切都清楚了!这是古代泰奥庞波斯的梅罗比德城,是柏拉图的大西洋洲!这是被众多学者所否认,但又被一些学者所承认的一块沉没了的陆地。此刻,它就呈现在我的眼前,以无可争辩的实物证据消除了一切让人曾有过的怀疑。在这块陆地上,曾居住着强大的大西洋种族,他们和古代希腊人进行过多次战争。

导语

这一次"鹦鹉螺"号带领我们来到了地下，这里有着取之不尽的矿藏。

海底煤矿

第二天，我到厅中一看，时钟已经指向8点了。我听到平台上有脚步声，知道船正在海面上行驶。我于是也走到平台上去呼吸新鲜空气。但上去以后我禁不住大吃一惊——海面上一片漆黑，不是我想象中的白天！我正在百般疑惑时，突然听到有人对我说："教授，是您吗？"

"啊，是我。尼摩船长，"我回答说，"我们这是在哪儿？"

"在地下呢，教授。"

"这怎么可能呢？"

"一会儿，等探照灯亮起来的时候，您就会明白这是怎么一回事了。"

过了一会儿，探照灯突然亮了。我略微定神之后，才发现"鹦鹉螺"号正停在一个巨大岩洞的湖泊之中。尼摩船长告诉我，这是他无意中发现的一个天然港口，它比大陆或海岛、海岸的任何港口都更为安全。然而，"鹦鹉螺"号需要的并不是港口，这里仅仅是它取得制钠原料的一个矿藏地。这一次的目的就是来取一些储藏的钠，一天之后我们将要继续前行。但尼摩船长应允我：我们可以利用这一天的时间参观一下这里的岩洞和湖泊。

用完早餐后，大约10点钟，我和两个同伴下船来到了岸上。我们沿着湖边的沙堤走了一圈儿。

这次环湖散步用了45分钟，我们很快又回到了船上。这时候船上的人员已经把所需的钠装载完毕，"鹦鹉螺"号又可以起航了。

导语

"鹦鹉螺"号下潜的深度超越了海底生物可以生存的最后界线，在这里，我们将会看到怎样的海底奇观呢？让我们一起跟随"鹦鹉螺"号去看看吧！

萨尔加斯海

"鹦鹉螺"号一直没有改变它的航向，因此，我们想要返回欧洲海域的希望也被暂时搁浅了。这一天，我们经过了大西洋上一片很奇特的水域。这片水域被称为"萨尔加斯海"，此刻"鹦鹉螺"号就行驶在它的范围之内。

由于没有其他更好的事情可做,我和孔塞伊只得又开始了我们的鱼类研究。我们陶醉于观察中,这种生活一直持续到3月13日。这一天,"鹦鹉螺"号要作探测海底的试验,这是我非常感兴趣的事情。

尼摩船长决定把他的船潜入更深的海底,对以往多次取得的探测记录进行检验。当我们越潜越深时,在强力推送下,"鹦鹉螺"号的船身就像一根弓弦一样不住地颤抖。一个半小时以后,我们来到了43000英尺的深度,但还是没有要触及海底的感觉。

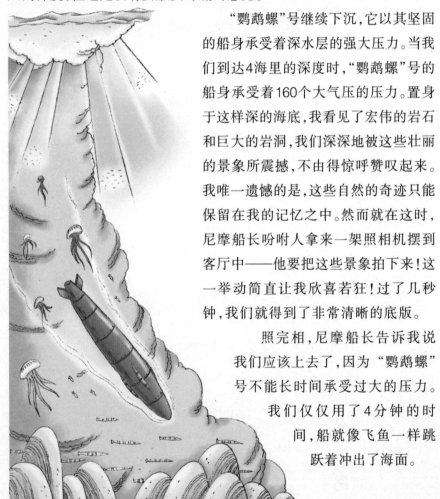

"鹦鹉螺"号继续下沉,它以其坚固的船身承受着深水层的强大压力。当我们到达4海里的深度时,"鹦鹉螺"号的船身承受着160个大气压的压力。置身于这样深的海底,我看见了宏伟的岩石和巨大的岩洞,我们深深地被这些壮丽的景象所震撼,不由得惊呼赞叹起来。我唯一遗憾的是,这些自然的奇迹只能保留在我的记忆之中。然而就在这时,尼摩船长吩咐人拿来一架照相机摆到客厅中——他要把这些景象拍下来!这一举动简直让我欣喜若狂!过了几秒钟,我们就得到了非常清晰的底版。

照完相,尼摩船长告诉我说我们应该上去了,因为"鹦鹉螺"号不能长时间承受过大的压力。我们仅仅用了4分钟的时间,船就像飞鱼一样跳跃着冲出了海面。

导语

海面上出现了一群"黑鲸鱼",这引起了鱼叉手内德·兰德的注意,一时间他浑身充满了斗志。那么,尼摩船长是否会同意他去猎捕鲸鱼呢?

救援长须鲸

3月13日至14日的夜间,"鹦鹉螺"号的航向仍然没有改变。这让鱼叉手有些闷闷不乐。

3月14日上午11点左右,海面上风平浪静,我们静静地坐在平台上欣赏海景。内德·兰德突然指着东方天际,惊呼着说那里有一条鲸鱼。这一发现让鱼叉手兴奋不已。然而当鲸鱼一点点儿游近时,我们才看清,那不是一条,而是整整一群。我对他说,为什么不去请求尼摩船长准许他去追捕鲸鱼呢?闻听此言,他一闪身就钻进舱里找尼摩船长去了。一会儿工夫,两人一起出现在平台上。尼摩船长看了一下那群鲸鱼说:"那是南极长须鲸,它们可以让整整一队的捕鲸船

都发财呢。"

"那么，船长，"鱼叉手问，"您能允许我去猎捕它们吗？"尼摩船长没有同意。

大家一定可以想象出鱼叉手失望的表情。这时，长须鲸的天敌出现了。尼摩船长指着下风处8海里远的海面上，让我注意那些正在移动的黑点。

"那就是抹香鲸，海洋中极为可怕的动物。"他说，"我甚至曾经看见它们两三百只地成群聚集！消灭这些残忍的动物是没有错的。然而根本用不着驾小艇、拿鱼叉去冒险，只需"鹦鹉螺"号的冲角就足以驱散它们了。阿罗纳克斯先生，我要让您看一次您从来没有看见过的猎杀。"

这群凶恶的动物越来越近了。"鹦鹉螺"号救援长须鲸的行动也开始了！它潜下水，骤然加速前进，向那边即将爆发战争的战场疾驰而去。那真是一场痛快淋漓的恶斗！只见"鹦鹉螺"号在尼摩船长的手中就如同一把致命的鱼叉，它猛烈地冲向这些巨大的动物，径直戳穿它们。

这场史诗般的屠杀大约持续了一个小时，剩下的抹香鲸都惊惶地四处逃遁了。"鹦鹉螺"号又重新浮上了海面。我们迫不及待地跑上平台，看见海面已经恢复了平静，只是海上漂浮着一大片尸体和血水，令人心惊肉跳，不寒而栗。

导语

尼摩船长所说的"可以任意通行的大海"就是南极,那是最纯洁的地方。但是他们要怎样通行呢?他们在这里又会有什么新的发现呢?

南 极

船浮上了海面,我立即飞奔到平台上。

"我们是在南极吗?"我激动地问船长。

"我也不知道,"他说,"中午时我们将测定出我们所在的位置。"

第二天,上午9点钟,我们来到岸边,花了两个小时才艰难地登上一座尖峰,准备在这里观测。

正午差一刻,我们看见太阳像金盘一样涌出,把它最后的光芒洒在这片荒无人烟的土地上。尼摩

船长此时正戴着他那副可以矫正折光的特殊望远镜仔细地观察着。我手里拿着航海表，心跳得非常厉害——如果太阳的圆盘隐没一半时航海表的指针正好指向正午，那么我们就在南极点上了！

"正午！"我喊了起来。

"南极！"尼摩船长用庄严的声音说道，同时他把望远镜递给了我。

然后，我问他："船长，您打算用谁的名字来命名这块大陆呢？"

"用我自己的名字！"说完这句话，他果断地展开一面黑色的旗帜，旗中间有一个金黄色的大写字母"N"。

导语

　　"鹦鹉螺"号发生了事故，一座冰山将前后的出口都堵上了，"鹦鹉螺"号被封锁在南极了。那船上的人会有生命危险吗？他们会采取什么样的措施呢？

意外之险

　　3月22日凌晨6点，"鹦鹉螺"号触礁了。一个巨大的冰山群突然翻转下来，其中一座碰巧砸到了"鹦鹉螺"号，然后靠在它的身上一动不动了。

　　"我们可以把储水池的水排出去，待船恢复平衡后不就可以脱身了吗？"

　　"我们正在做这样的工作，但难题是大冰块儿也在跟着上升。"

　　这样的上升持续了一会儿，我突然感觉到船身有了轻微的运动。又过了几分钟，我们脚下的地板变平了，我们的船终于又恢复了平衡！

　　我透过玻璃看见"鹦鹉螺"号被困在一个狭窄的冰隧道里了。

"鹦鹉螺"号被卡住了,正在它进退两难的时候,船上又出现了缺氧的危机。冷静的尼摩船长会怎样处理这一状况呢?

氧气危机

"鹦鹉螺"号的周围充满了坚固而又不可穿越的冰墙,我们成了冰山的俘虏!"鹦鹉螺"号已经停住不动了,于是船长开始发表他的看法:"先生们,目前这种处境,我们有两种死亡的可能性,一是被巨大的压强压死,二是因缺氧而闷死。因为在48小时之后,我们储藏库中的空气就会用完。如果想要逃生的话,只有尽快想办法把冰墙凿开。"

"那我们该从哪一方面开始凿呢?"我问。

"我将把船搁浅在下部的冰层上,然后用探测器测出冰层最薄的地方,再让我的船员穿上潜水衣去凿。"

尼摩船长说完就走了。几分钟后,10多个穿着潜水衣的船员下到了冰层上。

在工作了12个小时后，我们只挖去了3英尺厚的冰。照此速度，我们至少还需要5个晚上和4个白天才能干完！而储藏库中的空气只够用两天了。即便如此，工程的进度也不能完全这样计算，因为冰层还在继续冻结。3月26日，我们还在挖着之前挖过的冰层。此时，两侧和上层的冰也在随之加厚。我突然觉得自己所干的一切都是徒劳的。这时候尼摩船长正在指挥我们工作，当他从我身边走过时，我便示意让他看那些正在收拢的冰墙。他当然明白我的意思，然后他要我和他回到船上去。

"阿罗纳克斯先生，"在客厅坐下后，船长对我说。"如果让'鹦鹉螺'号不断地喷出沸水，这样就可以提高我们周围海水的温度，不也就能延缓海水的冻结速度了吗。"

这是多么奇妙的主意啊！我立即赞成试一试。沸水的喷射立即开始了。3月27日，20英尺厚的冰从冰坑里挖出去了。剩下需要凿开的冰仅有13英尺了，但这也意味着还需要48个小时的工作时间。

船内的氧气越来越少，第二天，船内的呼吸更加困难了，尼摩船长决定采用以船身强力压迫的方式，来穿透把我们与海水隔开的只有一码厚的冰层。

这天是3月28日，压力表显示，我们和水面相距仅20英尺，但是却有一层薄薄的冰把我们和大气分开了。"鹦鹉螺"号的力量应该可以冲开它！一次次的撞击，冰层渐渐破裂了。最后一次，它以最大的力量全力地冲了上去！只见"鹦鹉螺"号高高地跃起在被撞碎的冰面上，随即落了下来。同时嵌板也打开了，新鲜的空气像潮水一般涌到了船上的每个角落，我们得救了！

导语

从南极脱险之后，尼摩船长又将有什么航海计划呢？这个计划会不会给他们带来什么惊险的事情呢？

前行之路

重新回到辽阔的海面上，鱼叉手内德·兰德又一次提出了他的逃跑计划。我担心尼摩船长要把我们带到同时和亚美两洲海岸相接的广阔水域上去，那样的话他就可以圆满地完成他的海底环球旅行，但内德·兰德的计划就将被无限期地搁置起来了。这个问题在不久之后就得到了明确的答案。"鹦鹉螺"号以很快的速度行驶，在穿过南极圈后，船头直指合恩角。4月4日，我们驶过了乌拉圭。从出发点日本海算起，到目前为止，我们已经走过了1.6万海里的行程。而我们现在还要继续朝北行驶，这对鱼叉手来说也许算不上是个好消息，可对于我来说是再好不过了。我有幸欣赏到了许多难得一见的动植物。而这些猎物也为"鹦鹉螺"号增加了大量的储备。

导语

从南极脱险后，"鹦鹉螺"号继续向北行驶，这次"鹦鹉螺"号又遇到危险了，他们遇到了一个非常可怕的海底动物，那么这是个什么动物呢？

一场恶战

4月20日，我们潜行在5000英尺深的水层下。离我们最近的陆地是巴哈马群岛，岛屿彼此分散着分布。大约11点左右，"鹦鹉螺"号停住不动了，内德·兰德提醒我注意海草间可怕的蠕动。在我看来，那里或许是巨型章鱼的洞穴。突然，孔塞伊指着客厅的玻璃窗说："先生，您看！"

"多么可怕的东西啊！"他失声喊了起来。

我也跑上前去观看，结果我吓得差点儿坐在地上——我们眼前蠕动着的正是传说中可怕的怪物！这条约有25英尺长的巨型章鱼，正在飞快地倒退着走，而方向却和"鹦鹉螺"号一致。这时，在船的右舷又出现了7条章鱼。

"鹦鹉螺"号突然停住不动了，一下接一下的猛烈撞击使它全身颤动。接着，它浮了起来，但仍没有能够继续行驶的迹象。大约一分钟以后，尼摩船长跟他的副手走进了客厅，他看上去有些忧虑。他说："现在我们只有用斧子砍了。"

我们跟着尼摩船长向中央楼梯处走去，那里已经站着十来个拿着斧子的船员。我和孔塞伊也拿上两把斧子，内德·兰德则手执他的鱼叉。

此时，"鹦鹉螺"号已浮上了海面，一个船员站在楼梯上去旋开嵌板下的螺钉，螺钉刚一松开，嵌板就被猛烈地掀开了，很明显这是被一条章鱼腕上的吸盘给吸住了。紧接着，章鱼的一只长腕像一条蛇一样溜了进来。尼摩船长挥起斧子，一下就斩断了这只可怕的长腕。我们正拥挤着要奔上平台，而这时章鱼的另外两只腕突然像双鞭一样落下来打在尼摩船长面前的一个船员身上，这种场面实在太可怕了，那个可怜的船员被章鱼用腕缠住，附在吸盘上在空中摇来摆去。眼看这个可怜的人就要完了。只见尼摩船长跳到章鱼的身上，一斧子就砍掉了它的另一只腕。

不一会儿，那条凶恶章鱼的8只腕已被砍去了7只，但那个可怜的人，还像羽毛一样在剩下的那只腕上被挥舞着。正当尼摩船长和他的副手准备再一次向它冲过去时，这个怪物突然喷出一股黑色的墨汁，大家的眼睛什么都看不见了。当黑雾消散时，章鱼不见了，那个不幸的人也不见了！而我们则更加疯狂地和其他的章鱼拼起命来。

这样的搏斗一共持续了15分钟。怪物被击败了，尼摩船长满身是血。他呆呆地站在探照灯旁，双眼死死地盯着吞没他伙伴的海面，泪水盈满了他的眼眶。

导语

尼摩船长能从失去同伴的痛苦中走出来吗？而教授也终于向尼摩船长提出了离开的请求，尼摩船长会答应他吗？

海湾暖流

我们永远都不会忘记4月20日这天的可怕场面，直到今天，我把它写下来的时候仍然心潮澎湃。尼摩船长在这次意外中所遭受的打击和痛苦是难以言喻的，这已经是他失去的第二个同伴了。

尼摩船长回到他的房间中，十多天过去了，直到5月1日，他才果断地命令"鹦鹉螺"号向北行驶。于是，我们顺着海洋中最大的暖水流——墨西哥湾暖流航行。

5月8日，"鹦鹉螺"号继续漫无目的地行驶着，船上的一切监督和管理似乎都停止了。我不得不承认，这的确是一个逃走的绝好时机。

　　"先生，"鱼叉手对我说，"事情到了该结束的时候了。您的尼摩船长还在继续向北行驶，我还是以前的意见，我们必须得公开地跟他谈一次了。"显然鱼叉手的忍耐已经达到了极限。

　　可是，我不能让鱼叉手去找尼摩船长，他那暴躁的脾气一定会把事情弄砸的，所以，我决定自己去。我走进他的房间，船长正在他的工作台上俯身工作着，根本没有注意到我的到来。我走近他的身边，他突然转过身来，用一种相当粗暴的口吻问道："您来这里做什么？"

　　"我是来和您谈一件再也不能耽搁的事。"

　　"什么事？您没看见我正在忙吗？"他严肃地对我说，"阿罗纳克斯先生，这些是我对海洋研究的总结，上面都署上了我的姓名，其中也包括我一生的经历，现在都装在这个密封的小盒子里，它将由'鹦鹉螺'号船员中最后一个死去的人投入大海，然后随意漂流。"

　　"船长，您难道就不能找一些更好的方法吗？比如让我们为您保存起来，然后您恢复我们的自由……"

　　"恢复你们的自由？这绝不可能！"他斩钉截铁地打断我。

　　"以后不要再谈这个问题了。"

　　我很沮丧地退出船长的房间，把谈判的结果向两个同伴讲了。内德·兰德认为我们根本就不应该对尼摩船长抱有任何希望，要不顾一切地行动起来。

导语

"鹦鹉螺"号在海上不停地绕圈,它在寻找什么呢?

北纬 47.24 度,西经 17.28 度

6月1日,"鹦鹉螺"号在海上不停地转来转去。很明显,它正准备在海上寻找一个确定的点。这一天,天空晴朗,万里无云。在太阳经过子午线的几分钟前,尼摩船长拿着六分仪到平台上来测量太阳的高度,那时我也在平台上。"鹦鹉螺"号停住不动了。当他测量完之后,只说了一句话:"就是这里了!"

然后他走下了平台,我也回到了客厅中。嵌板关上了,"鹦鹉螺"号开始直线下沉。几分钟后,它停在了水深2733英尺的海底,嵌板又打开了。这时,我发现右舷下有一堆隆起的东

西，就像是被雪白的毯子包裹起来的一处废墟。经过仔细辨认，我认出那是一艘船头向下沉没的大船。我正在疑惑不解时，突然听到尼摩船长的声音："这艘船曾经叫做'马赛人'号。1762年它首次下水，装有74门大炮，参加过三次英勇的海战后，法兰西共和国于1794年更换了它的名称，并于同年4月16日使其加入由维拉雷·茹瓦约兹指挥的舰队，护送美国派出的由冯·斯塔贝尔率领的一队小麦运输船。5月30日，这支舰队和英国的舰队在海上相遇并且发生了激烈的冲突。先生，今天是1868年6月1日，74年前的这一天，就是在这个地点，北纬47度24分、西经17度28分的地方，在经过英勇顽强地作战后，这艘船的桅杆全部被折断了，海水不断地涌入船舱，它的356名水手宁愿沉到海底也不愿投降，他们把旗帜钉在船尾，在'法兰西共和国万岁'的口号声中一齐随船沉入了海底。"

"'复仇者'号！"我喊了起来。

"是的，先生。是'复仇者'号，这就是它的名字。"尼摩船长低声说道。

导语

　　一艘战舰发现了"鹦鹉螺"号，一场激烈的战斗就要爆发了。那么哪一方会胜利呢？阿罗纳克斯他们三个人和尼摩船长又会看见什么呢？

大屠杀

　　我一直注视着尼摩船长。他朝着大海伸开双臂，凝视着那光荣战舰的残骸，脸上带着胜利者的表情。

　　"鹦鹉螺"号终于又缓缓地升上了海面，这时，我突然听到一声沉闷的爆炸声。

　　"这是什么声音？"我问道。

　　船长并没有回答我。我登上平台，发现孔塞伊和内德·兰德已经在那里了。我看见一艘很大的汽船正加大马力朝"鹦鹉螺"号驶来。

　　"先生，"内德·兰德说，"等这船开到距离我们一海里的地方，我就要跳到海里去，我建议您最好也这么做。"

　　"先生，"孔塞伊也说，"如果您愿意跟随内德·兰德的话，我一定可以帮

您登上那艘船的。"

　　我正要回答，就见那艘船的前端冒出一股白烟。几秒钟后，一件重物在距离我们不远处落下，飞溅的水花落到"鹦鹉螺"号的后部。紧接着，一阵爆炸声传入我的耳朵里。它在向我们开炮！我心中一下子明白过来了，人们一定已经从"林肯"号的遭遇中知道了所谓的独角鲸的真相，知道了它是一艘比独角鲸更为危险的潜水艇。此刻，这艘战舰正在追逐并打算毁灭这可怕的机器！尼摩船长现在已经成为各个国家联合起来攻击的敌人！铁甲战舰现在距离我们已经不到三海里了。

　　这时，尼摩船长出现了！他的面孔因为愤怒而极度苍白。一颗炮弹打中了"鹦鹉螺"号的船身，但炮弹未能穿透它，只是跳到船长身边后又落到海里去了。船长以命令的口吻叫我们三个人下到船里去，我们此刻谁也不敢违抗，只得乖乖地服从。

　　黑夜降临了。我们决定在战舰相当接近的时候逃出去。时间一分一秒地过去了，我们的心都跳得很厉害。"鹦鹉螺"号的速度减慢了，突然，上层的嵌板关上了，同时传来蓄水池进水的声音。"鹦鹉螺"号要潜下水去！要从下面去冲撞它的敌人！我们又被关起来了。

　　"鹦鹉螺"号显然加快了速度，因为整个船身都颤抖起来。我禁不住大喊了一声。我可以感觉到钢铁冲角穿透船身，清晰地听到摩擦和碎裂的声音。突然，"鹦鹉螺"号从战舰身上横穿了过去。我飞快地冲入客厅，透过玻璃看见一个庞然大物正徐徐地沉入水中，"鹦鹉螺"号也跟着它一起下降。

　　战舰的甲板上满是拼命挣扎的黑影，战舰还在继续下沉。突然"轰"的一声，战舰爆炸了，甲板被掀掉了，船身开始急剧下沉，不久便被一股强大的旋涡所吞没了……尼摩船长真是一个可怕的复仇者！他一直瞪大眼睛看着他的敌人遭到毁灭。一切都结束了，海面又恢复了以往的平静。他转身回到了他的房间。透过打开的房门，我看到他跪下来，把两只胳膊伸向墙上挂着的那幅画，画上是一个年轻妇女和两个小孩儿的肖像，然后他像孩子一样悲伤地抽泣起来。

导语

一切似乎就要结束了，尼摩船长最后说了些什么呢？教授他们终于决定逃走了，他们能顺利地离开吗？

 # 逃亡之夜

一天早晨，我还在昏睡中，突然听到内德·兰德在叫我。我醒过来，他低声地对我说："我们要逃走了！"

"什么时候？"我问。

"就在今晚。船上好像没有什么戒备。"

"我们现在在什么地方？"

"可以望见陆地的地方。我今天早晨在浓雾中，看见向东大约20海里处有一些陆地。"

"好！内德·兰德，我们今晚就逃走。"

我已下定决心，要不顾一切地逃走。我穿上结实的航海服，整理好我的笔记，心情异常激动。10点就要到了，我小心地打开房门，在"鹦鹉螺"号黑暗的通道里，一步一步地向前移动，因为我每走一步都得停下来抑制住剧烈的心跳。

我终于走近了客厅的门，轻轻地打开它，里面一片漆黑，尼摩船长坐在那里弹琴。他并没有发现我，好像完全陷入了音乐的世界。我蹑手蹑脚地挪动着，突然，我被尼摩船长的一声叹息钉在那里了。我听到他低沉地说出了这样几个字——这是我从他那里最后听到的一句话："万能的上帝啊!够了!够了!"

这话激起我一阵钻心的疼痛。难道这就是从他的内心深处迸发出来的忏悔吗?我感到眼前一阵眩晕,急忙冲过图书室,攀上中央楼梯,赶到了小艇边。我爬进小艇,发现我的两个同伴已经在里面了。

"赶快走!赶快走!"我喊道。

鱼叉手开始旋松固定在船身上的螺钉。突然,我们听到了一声清晰的喊叫:"迈尔海峡大旋涡!大旋涡!"

大旋涡!挪威迈尔海峡大旋涡!再也没有比这更可怕的名词了!"鹦鹉螺"号无意间,或者是有意的,被它的船长带到这个深渊的附近来了。它开始迅速地旋转起来,连附在它身上的小艇也被它带着以惊人的速度打起转来。

"我们一定要坚持住!"内德·兰德说,"让我们再把螺钉紧上!我们

唯一的生存机会就是和'鹦鹉螺'号待在一起……"

　　他的话还没有说完，只听"咔嚓"一声，小艇就像一块石头一样飞进了旋涡之中，而我的头则碰到了一根铁条上，立即失去了知觉。

导语

　　教授和他的朋友终于回到了陆地，过去的一切都成为了永恒的记忆。然而尼摩船长和他的"鹦鹉螺"号又怎么样了呢？让我们一起看完这个故事吧！

结　尾　

　　我们的海底旅行就这样结束了。至于那天夜里我们是怎样侥幸逃生的，我竟然一无所知。我只知道当我醒来的时候，正躺在罗佛丹群岛一个渔夫的小木屋里。而我的两个同伴也安然无恙。

　　由于挪威北部和南部之间的交通工具很少，所以我们不能立即回到法国去，等了半个月才从北部开来一班汽船。

　　但是，"鹦鹉螺"号的情形怎么样了呢？它是否逃出了大旋涡呢？尼摩船长还活着吗？他还在海底施行他那可怕的报复活动吗？还有，被他击沉的那艘战舰是否可以带给我一些关于他行动的线索呢？

　　我在心里不断地祈求着"鹦鹉螺"号能够战胜海洋中最可怕的深渊，也祈求着尼摩船长早日平息他内心的愤怒和仇恨。我想，拥有他的友谊，将是我这一生中最珍贵的记忆，与他在海中度过的那些不平凡的日子，我将终生难忘！

图书在版编目(CIP)数据

海底两万里／崔钟雷主编.—延吉：延边教育出
版社，2010.12
（智慧书坊）
ISBN 978-7-5437-9114-5

Ⅰ．①海… Ⅱ．①崔… Ⅲ．①科学幻想小说－法国－
－近代－缩写本 Ⅳ．①I565.44

中国版本图书馆 CIP 数据核字（2010）第 215754 号

书　　名：**海底两万里**

策　　划：钟　雷
主　　编：崔钟雷
副 主 编：柏　灵　李佳楠
审　　阅：李成熙
责任编辑：金海英
装帧设计：稻草人工作室

出版发行：延边教育出版社（吉林省延吉市友谊路 363 号　　邮编：133000）
网　　址：http://www.ybep.com.cn　　　电　话：0433-2913940
　　　　　http://www.tywhcc.com　　　　　　　　0451-55174988
客服电话：010-82608550　82608377
印　　刷：洛阳和众印刷有限公司　　印　张：3.75
开　　本：880 毫米×1230 毫米　1/32　字　数：90 千字
版　　次：2010 年 12 月第 1 版　　书　号：ISBN 978-7-5437-9114-5
印　　次：2010 年 12 月第 1 次印刷　定　价：10.00 元

如发现印装有质量问题，请与印厂联系调换。